1인 출판사의 슬픔과 기쁨

1인 출판사의 슬픔과 기쁨

최아영
서남희
박지예
최수진
이세연
김민희
김화영
홍지애
희석
고우리
조은혜

느린
서재

감사한

독자의 얼굴을 생각하며

당신은 조금 웃을 것이고 또 조금 울지도 모르겠다

독립을 했다. 내가 지은 이름으로 출판사를 신고하고 사업자등록증 가진 인간이 됐다. 무려 3년 전에는 상상하지 못한 일이다. 육아 때문에 회사를 그만두었고 프리랜서 편집자로 계속 일할 줄 알았다. 살면서 절대 1인 출판사를 차릴 일은 없을 거라고 생각했다. 그러나 인생에 '절대'라는 건 없다. 늘 인생에서 '그런 건 절대 없어'라고 생각한 일들이 벌어져 왔다. 그래서 나는 절대, 1인 출판사를 차리게 된 것이다.

독립을 하고 나서, 1인 출판사 대표님들을 만날 일이 종종 생겼다. 5년차, 7년차, 10년차, 이미 스테디셀러를 갖고 계신 출판 선배들을 여럿 만났다. 혹은 나와 비슷한 시기에 시작한 대표님들을 만나기도 했다. 만나서 이야기를 하다 보면, 늘 한결같이 하는 이야기

가 있었다. 책이 안 팔린다, 이럴 줄 몰랐는데 (정말 몰랐을까
…) 빚이 더 많다!? 그러나 빚이 자꾸만 많아져도 순간순간
재미있고 또 재미있는 일들은 많았다. 회사에서는 못 내게
했던 원고도 낼 수 있었고(상업성이 없으니 못 내게 했겠지), 누
군가의 컨펌 없이(스스로 컨펌) 내가 스스로 결정해서 책을
만드는 일은 더없이 재미있었다. 그런데… 매출은, 전혀 재미
있지 않았다. 편집자로 살아왔고, 편집자로서 최선을 다해
내가 내고 싶은 책을 만들었다. 그렇게 만든 책은 정말 모든
게 사랑스럽고 모든 게 좋았다. 그러나 매출은 그렇지 않았
다. 마케터로서의 능력은 완전히 젬병이었으니 말이다.

　　대표님들을 만나면 늘 이런 이야기를 했다. 어떻게
해야 책을 팔 수 있을까요? 우리는 그렇게 슬픈 이야기를 하
면서도 늘 깔깔거리며 웃었다. 슬프고도 웃긴 상황이었으니
말이다. 아무리 이야기를 해도 책 파는 방법에는 뾰족한 수
가 없었다. 그러다가 혜윰터 대표님이 "우리 이 이야기, 책으
로 만들면 어때요?"라고 운을 띄웠다. 누가 책 만드는 사람
들 아니랄까 봐, 모여서 수다를 떨면서도 책 만들 궁리를 했
다. 나는 또 그 옆에서 "그럼 그거, 느린서재에서 출간해도
될까요?"라고 숟가락을 얹었다. 그렇다. 염치불구하고 아이
디어를 업어왔다. 그렇게 이 책의 기획이 시작되었다.

　　일단 아이디어가 나온 자리에서 구두로 계약을 했다.

그 자리에 있었던 모든 대표님에게 원고를 청탁했다. 이 자리에 있는 우리 모두 공범… 아니 공저자가 되었다. 그 후, 내가 평소에 흠모하고 염탐했던 1인 출판사 대표님들에게 메일을 보냈다. 이러저러해서 이러저러한 기획이 있는데, 꼭 대표님의 글을 이 책에 실었으면 한다… 부디 먼저 걸어간 힘들고도 험한(?) 그 출판에 관한 이야기를 꼭, 꼭 써주시면 좋겠다, 하고 읍소했다.

　　묻고 싶었다. 이렇게 쉽지 않은 길을 가는 선배들의 이야기가 궁금했다. 나도 이 길을 걷는 중이지만, 먼저 걸어간 선배들은 뭔가 좀 다르지 않았을까, 지름길이라도 발견하셨을까, 기대하며 원고를 청탁했다. '거절하면 어쩌지?'라는 조마조마한 마음으로 메일을 보냈는데, 이제 막 1인 출판을 시작한 꼬맹이의 읍소를 다들 넓은 마음으로 들어주셨다. 그 마음이 감사해서 책을 더 잘 만들고 싶은데…. 표지를 마음에 안 들어 하시면 어쩌지…. 책에 오타라도 나면 어쩌지…? 편집자 열 분이 나를 지켜보고 있다고 생각하니, 잠이 오지 않았다.

　　원고를 읽으며, 누가 책 만드는 사람들 아니랄까 봐, 그 흔한 오타 하나 없는 원고를 올려주셨다. 눈을 씻고 찾아도 오타가 없었다. 여태 책 만들면서 이런 원고는 처음이었다(프롤로그를 쓰면서 최초로 오타를 내는 사람이 될까 봐 무섭다). 무서운 사람들…. 게다가, 모두 다 마감에 민감하셨다. 마감이라는 것은, 애초에 지킬 수 없는 단어라고 생각한다. 16년 가까이 이 일을 해왔지만, 마감이라는 건 늘 어기라고 있는 것이었다. 그러나 선배들은 모두 하나같이 마감을 지키려고 애를 쓰셨다. 하루 이틀 늦은 것도 무척이나 미안해하셨다. 그러나 난, 마감일이 지켜지지 않을 것을 역으로 계산해서 출간 일정을 세워두었다!

원고를 읽으며, 조금 울었다. 공감해서 울었고, 내 상황과 같아서 울었고, 고군분투 중인 그 모습이 떠올라 울었다. 『1인 출판사의 슬픔과 기쁨』이라고 제목을 지었는데, 어쩐지 슬픔만 있는 것 같아서 또 슬펐다. 아니다, 슬픔만 있는 것이 아니다. 분명, 기쁨이 있을 것이다… 분명… 있어야만 한다.

이토록 책을 사랑하는 이상한 사람들… 책을 좋아하고 책 만드는 걸 뿌듯해하는 사람들… 여기 그런 사람들의 이야기가 있다. 그러나, 어떻게 하면 책을 많이 팔 수 있는지 모르는, 좀 특이하고 많이 순수한 사람들이 여기에 있다. 나는 뒤따라가는 후배의 마음으로 그들의 이야기를 여기에 엮을 뿐이다. 당신은 이 이야기를 읽으며 분명 웃을 것이고, 조금 울지도 모르겠다.

이렇게 이상하고 이렇게 사랑스러운 선배들과 같이 책을 만들 수 있어서, 이 업계에 같이 있다는 게 조금은 기분이 좋고, 조금은 뿌듯하다. 그나저나 뿌듯함은 여기까지. 솔직히 말해서 이 책이 많이 팔리면 좋겠다. 그러나 그런 일이 내가 죽기 전에 일어날지 잘 모르겠다(슬픈 예감은 늘 틀리지 않는다).

선배들에게 인세를 많이 드릴 수 있기를 희망하며, 이야기를 시작한다.

2024년 녹기 직전의 여름 한가운데에서,
최아영

차
례

모로 가다 알게 된 것들

조은혜

모로

조
은
혜

1992년생. 출판사 모로의 대표이자 편집자이자 마케터.
여럿이 술 마시는 걸 좋아하지만 혼자 집에 있는 걸
더 좋아하고, 책 읽는 걸 좋아하지만 만드는 걸 더 좋아한다.

만 스물일곱에 세 번째 회사를 그만뒀다. 10월 어느 날 오후에 짐을 챙겨 나와 택시를 탔고, 기사님 몰래 훌쩍거렸다. 함께 일하던 동료들과 이미 한바탕 울었는데도 자꾸 눈물이 났다. 왜 이렇게 모가 나서 자꾸 삐져나오는 건지, 왜 알면서도 고치지 못하는 건지, 왜 또 이런 결말을 써버린 건지 스스로가 너무 한심하고 싫었다. 눈치도 없지, 그만두는 날은 하늘도 늘 구김 없이 깨끗했다. 주위에 이직한 친구도 거의 없을 때였는데, 나는 남들보다 훨씬 더 늦게 취업을 하고선 네 번째 회사를 찾아야 했다.

집에 와선 아무것도 생각하기 싫어 눈물을 좀 훔치다 다시 잤다. 일어나서 무언가를 먹고 OTT를 옮겨가며 멍하니 보다 또 자고, 다시 자고, 또 잤다. 한 달을 두문불출하며 한껏 웅크려 있었다. 그런데 언젠가부터 심심하고 재미가 없었다. 집에 있는 게 재미없는 게 아니라 아무것도 안 하는 게 지루했다. 하지만 구직을 하고 싶진 않았다. 회사를 다시 갈 자신이 없어서였다. 누군가를 찌르지도, 누군가에게 상처받고 싶지도 않았다. 모욕을 받다가 모욕을 주는 사람이 되고 싶지도 않았다. 결국 나는 퇴사 한 달 만에 사원에서 대표로 초고속 승진을 했다.

　　망해도 빨리 망하는 게 낫다는 생각으로 시작했던 모로는 첫 책이 나온 시점을 기준으로 만 3년이 다 되어가고 있다. 목표였던 10종 출간도 이뤘다. 그러나 매번 하는 일을 매번 처음 하는 것처럼 정신없이 처리하다 보니 누군가에게 딱 잘라 설명할 수 있는 게 없다. 게다가 대박이 난 책도 하나 없는데 이러쿵저러쿵 말할 자격이 있나 싶기도 하다. 아니, 자격을 떠나 사실, 일을 하면 할수록 더 정답을 모르겠다. 외서를 검토할 때마다, 계약을 할 때마다, 교정 원칙을 세울 때마다, 표지를 정할 때마다, 배본 미팅을 갈 때마다 머리칼을 쥐어뜯으며 얼굴도 모르는 어떤 신들에게 정답을 알려달라고 울상 짓는 나인데 대체 뭘 얘기할 수 있을까.

　　사실 처음에는 지금보다 훨씬 더 막막했다. 혼자 기획부터 마케팅까지 하기엔 경력이 너무 짧았던 데다가 이게 맞는 건지, 저게 틀린 건지 물어볼 사람도 주변에 없었다. 그러나 인간은 적응의 동물이다. 나는 닥치는 대로 일을 해나가거나 처절하게 실패하면서 이 일에 필요한 것이 뭔지, 어떻게 해야 그나마 덜 자책할 수 있는지 조금은 알게 됐다.

그러니 앞으로 써 내려갈 건 정답에 가까운 무언가가 아니라, 그저 내가 혼자 일하며 느낀 것과 그걸 바탕으로 세운 원칙들이다.

파레토 법칙, 그러니까 20퍼센트의 원인이 80퍼센트의 결과를 만드는 건 출판도 마찬가지다. 20퍼센트의 독자가 출판계 매출의 80퍼센트를 차지한다는 말도 있지 않은가. 한 출판사에서 펴내는 책들 역시 모두 다 잘되는 건 아니다. 아니, 모든 책이 잘 안 될 확률이 높지만 그중 몇 개가 잘돼서 먹고산다. 모로도 지금까지 총 10종의 책을 펴냈지만 당연히 10종 모두 BEP(손익분기점)를 넘은 건 아니다. 어떤 책은 독자를 제대로 만나보지도 못했고, 어떤 책은 만나나 싶더니 금방 잊히고 말았다. 그럼에도 지금까지 올 수 있었던 건 박주영 판사님과 아마존에 간 문과 여자 염지원 님 덕분이다.

1인 출판사를 시작할 때 출간 예정 리스트가 10종 정도 있어야 된다는 말을 들어본 적이 있다. 마지막 회사가 출판사도 아니라 데리고 나올 저자도 없었고, 퇴사 전에 각 잡고 외서를 훑어보지도 않았던 내가 무턱대고 회사를 만들 수 있었던 건 이 두 저자가 있었기 때문이다. 아무것도 없는 모로를 믿고 계약해 주고, 책을 써준 이들이 없었다면 아마 모로는 이미 폐업 신고를 했을지도 모른다.

저자가 유명하다고, 내용이 참신하다고 해서 책이 잘되는 건 아니다. 아무리 봐도 애매한 책이 마케팅으로 잘되기도 하고, 흥행을 전혀 예상하지 못했던 책이 잘 팔리기도 한다. 그러니 이런 모든 변수를 무릅쓰고라도 만들고 싶은 책이 있어야 한다. 시간과 돈과 에너지를 쏟아 부어도 아깝지 않다거나 '잘 안 되면 어쩌지'라는 조바심보다 이건 무조건 된다는 확신을 주는 사람 혹은 책으로 시작해야 조금이라도 더 버텨낼 수 있다.

N
천
만
원
소
진
각
오
하
기

출판은 소자본 창업이 가능하다. 번듯한 공간이 있어야 하는 것도 아니고, 비싼 기계가 필요한 것도 아니다. 하지만 아무리 돈이 적게 든다고 해도 혼자서 모든 걸 다 할 수 없으니 분명 목돈을 쓸 수밖에 없다. 난 편집자이니 기획, 편집은 돈 안 들이고 할 수 있지만 본문과 표지를 비롯한 디자인, 인쇄와 제책 등의 제작은 꼭 외주로 맡겨야만 한다. 또 외서는 상대적으로 높은 선인세와 에이전시 수수료, 번역료 등이 더

해지니 국내서에 비해 더 많은 돈이 필요하다.

정확한 비용은 책마다 천차만별이지만, 대충 책 1종을 2천 부 정도 찍는 데 천만 원이 든다고 치자. 만들고 나선 어떻게든 알려야 할 테니 언론사 릴리즈를 하거나 SNS 광고를 돌릴 수도 있고, 서점 매대를 잡을 수도 있다. 그리고 이 모든 것에는 다 돈이 든다. 하다못해 인플루언서들한테 증정본을 보내려면 택배비라도 있어야 한다. 그런데 사람들이 생각하는 것보다 책은 훨씬, 아주 많이, 정말로 안 팔리기 때문에 전 재산 털어 만든 책이 BEP를 못 넘길 확률도 적지 않다. 목돈을 부었지만 푼돈도 못 벌 수 있다는 이야기이다.

창업 초반 소진 비용으로 N천만 원을 권하는 이유는 첫 책을 만들고, 나름의 비용을 쓰고도, 다음 책을 시작할 돈이 그래야 남기 때문이다. 설령 초기 자본이 적어 남은 돈이 많지 않더라도, 첫 책이 팔리며 조금이라도 돈이 들어오기 때문에(안 들어오면 어떡하냐고 반문할 수 있다. 그런데 그런 책이 왜 첫 책이 돼야 하는지 먼저 생각해 봤으면 좋겠다. 경험상 푼돈도 못 버는 책은 안 만드는 게 더 이득이다) 몇 달이 지나면 얼레벌레 또 두 번째 책을 만들 돈이 생길 수도 있다.

사업을 시작하기 위해서는 아니었지만, 마지막 회사를 그만뒀을 당시 주식에 몰아둔 돈이 2천4백만 원 정도였다. 어차피 쓰지 않던 돈이라, 이 돈을 다 날릴 때까지 1인 출판을 해보겠다고 생각했다. 주식은 팔지 않고(아, 그때 팔았어야 했다…) 주식 담보 대출을 받았다. 목돈이 필요할 때마다 대출을 받았고 돈을 벌면 다시 갚았다. 그래서인지 이 돈은 아직도 그대로 있다. 마이너스도 플러스도 아닌 채로.

외로움을 많이 타는 혼자라면 하지 말기 결혼을 하지 않았다. 가족과 함께 살지도 않는다. 친구들은 대개 회사원이고 1년에 책을 한 권이라도 읽는 친구는 손에 꼽을 수 있을 정도다. 그래서 모든 걸 혼자 생각하고 혼자 결정하고 혼자 책임진다. 업에 대해 하소연할 사람도 없고, 말한다 해도 이해할 수 있는 사람이 없으니 슬퍼도 혼자 울고 힘들어도 혼자 괴로워하고 기뻐도 혼자 웃는다.

난 원체 외로움을 잘 타지 않는 성격이다. 혼자 있는 걸 좋아하고 집 밖으로 잘 나가지도 않는다. 그런데도 첫 책을 내고 꽤 오랫동안 '혼자라서' 힘들고 불안했다. 매달 적자를 찍을 때, 다음 달 월세를 낼 수 있나 걱정할 때, 거래처에서 갑질을 할 때, 내고 싶은 외서가 있는데 어느 정도의 금액으로 오퍼를 해야 할지 모르겠을 때, 내가 쓴 보도자료가 쓰레기 같은데 아무리 오래 붙잡고 있어도 좋은 게 나오지 않을 때… 간절하게 나를 혼내고 칭찬해 줄, 내게 이래라저래라 해줄 누군가가 있었으면 했다. 혼자 모든 걸 감내할 자신이 있었는데도 어떤 날은 정말로 힘들었다.

지금은 매달 적자를 찍지도 않고, 시간이 지나 어느 정도 마음을 내려놓기도 해서 괜찮아졌다. 혹은 원래 외로움 같은 걸 잘 모르는 사람이라 그런 걸 수도 있다. 타인과 함께 어울리는 게 중요하다면, 결정하고 책임지는 스트레스를 본래 잘 견디지 못하는 사람이라면 혼자 일하는 것에 대해 다시 생각해 봤으면 좋겠다.

혼자 일한다는 것은 진창에 빠진 나를 구해줄 사람 역시 나밖에 없다는 뜻이기도 하다.

애정이 없는 책은 만들지 않기

나는 유능한 사람이 아니다. 유능한 사람은 어떤 업무를 맡든 큰 기복 없이 일정 기준 이상의 결과물을 만들어내는데, 나는 관심이나 애정이 없으면 평균 이하의 수준으로 겨우 만들어낸다. 그러나 의욕을 갖고 뭔가를 하다 보면 누구나 호기로울 때가 생긴다. 평소에 해보지 않았던 것, 관심을 두지 않았던 걸 시도해 본달까. 나 역시 편집자에서 대표로 초고속 승진을 하니, 독자로서든 편집자로서든 전혀 관심이 없는 분야의 책에 손을 대보고 싶었다. 내가 좋아하는 것 말고 사람들이 좋아하는 걸 해보겠다는 마음으로.

물론 모두가 예상 가능한 뻔한 결말이었다. 결과도 안 좋았지만 과정은 더 안 좋았다. 뭘 해도 마음에 안 들었고, 내 돈을 쓰는 건데도 자꾸만 나 자신과 타협했다. 여기까지만 하자. 귀찮으니까 저건 하지 말자. 책에 대한 애정이 애초에 없으니 책이 안 나가도 팔 궁리조차 하지 않았다. 돈과 시간과 에너지를 쓰긴 했지만 제대로 쓰지 못했고, 결국 나중엔 포기해 버렸다.

물론 모든 책에 모든 자원을 똑같이 쓸 수는 없다. 좋아하는 모든 책이 잘되지도 않는다. 그러나 애정이 없는 책이 잘 안 되면 내가 아니라 자꾸 다른 것을 탓하게 된다. 글이 안 좋아서(편집은 내가 했다), 서점 직원들이 무심해서(그들의 관심을 끌어내는 것도 1인 출판사 대표의 일이다), 디자인이 별로라서(발주하고 결정하는 사람은 나다)··· 담금질은커녕 온갖 변명만 붙이다 더 나아지지도 못한다. 처절하게 패배했지만 배운 것 하나 없는 최악의 승부.

나는 싫어하지만 독자들이 좋아하는 책이 있을 수 있다. 그걸 만들면 돈을 더 많이 벌 수도 있다. 그러나 나는 내가 좋아하지 않는 걸 멋진 모양으로 만들 수 있는 대단한 사람이 아니다. 지금은 이 사실을 겸허하게 받아들였다. 그리고 혼자 일한다는 것의 유일한 장점이 뭔가. 싫어하는 것, 하고 싶지 않은 것을 최소한으로 할 수 있다는 것이다. 안 그래도 외로운 싸움, 후회라도 덜 해야 한다.

모로를 시작하고 얼마 되지 않았을 땐 회사에 출근하는 것처럼 일했다. 그러나 혼자 일하다 보면, 게다가 나처럼 게으르고 잠이 많은 사람이라면 모든 루틴이 무너진다. 하루에 한 시간도 일을 안 할 때가 있고, 거의 24시간 내내 일을 할 때도 있다. 어쩌면 프리랜서의 숙명 같은 걸지도 모른다. 그래서 나는 업무 시간의 총량 따위 무시하고 오로지 일정만 지키는 대표가 됐다.

국내서인지 외서인지, 책의 분량과 성격이 어떤지 등에 따라 조금씩 다르지만 원고 입수부터 인쇄까지 대략 3~4개월을 잡는다. 이때 중요한 건 무리한 일정은 짜지 않는다는 것이다. 예를 들어, 나는 PC교에 가장 많은 시간을 할애하는 편이라 이 기간을 이상하다 싶을 정도로 많이 잡는다. 또 디자인은 본문이든 표지든 최소 2주 이상의 시간을 잡아둔다. 번역 원고 마감 역시 마찬가지다. 지키지 못할 일정을 세우고 서로 죄송하다며 미루느니, 변수가 끼어들 시간까지 계산해 최대한 지킬 수 있는 일정을 만들어가는 것이다.

이렇게 한다고 모든 일정이 완벽히 들어맞는 건 아니지만 지금까지 책 10종을 만들며 세웠던 일정이 크게 틀어진

적은 별로 없었다. 중간 일정이 좀 미뤄져도 데이터 마감일이나 인쇄일은 꼭 맞췄던 것 같다. 특히 나처럼 계획이 틀어질 때 스트레스를 받는 사람들은 일하는 시간에 집착하기보다 각 과정에 소요되는 기간을 생각해 일정을 짜는 게 좋다. 안 그래도 혼자 많은 일을 하다 보면 계획대로 되지 않는 것만이 계획이라고 느낄 때가 많은데, 시간에 얽매여 매일 스트레스를 받을 필요는 없으니까.

상대적으로 재미있는 일

하나하나 따지고 보면 더 많은 얘기가 있겠지만, 곰곰 생각해 보니 대개 부정문이었다. 못 한다거나 안 된다거나, 안 하는 게 좋다거나. 출판도 사업이니 많은 부정과 위험이 따른다. 그럼에도 이 일을 하는 이유는 책이 좋다거나 보람이 있어서가 아니다. 좋아하는 저자에게 메일을 보낼 때, 저자가 보내준 원고를 다듬을 때, 어떤 표지가 좋을까 고민할 때, 보도자료를 쓸 때 등등… 일을 할 때의 시간은 다른 걸 할 때의 시간과 다르게 흐른다. 일을 하다 한 시간 정도 됐나, 해서 시계를 보면 서너 시간이 훌쩍 흘러가 있을 때가 많았다. 괴롭고 힘들어 머리칼을 쥐어뜯긴 해도, 사실 나는 이 일을 정말 재미있어서 하고 있다.

아인슈타인이 상대성 이론을 만들었을 때 정말 많은

27

질문이 쏟아졌다. 아인슈타인은 "예쁜 여자와 한 시간을 보낸다면 1분처럼 느껴지겠죠?"라는 말로 상대성을 설명했다고 한다. 잘생긴 남자와 한 시간을 보내본 적이 없어서 모르겠지만, 내게 이 일은 상대적으로도, 절대적으로도 재미있는 일임에 틀림없다. 만약 당신이 출판과 관련된 일을 하고 있는데 시간이 빨리 간다고 느껴진다면, 출판사 이름을 지어 구청으로 가 출판 등록을 하면 된다. 어차피 정답은 아무도 모르고, 모로 가도 서울만 가면 그만이다.

당신이 아무도 생각하지 못한 이름으로, 누구도 만들지 않았던 책을 펴낼 수 있길 바란다.

끓는점에 도달하면 우리는

고우리

마름모

고
우
리

마름모 출판사 대표. 2006년 여름에 편집자가 되었다.
문학동네, 김영사, 한겨레출판 등 대여섯 군데 출판사를
돌아다녔다. 16년 차가 되던 어느 날, 회사 가기 싫어서
덜컥 출판사를 차렸다. 출판에 목숨 걸진 않았는데, 어쩌다
보니 책 만드는 것 말고는 할 줄 아는 게 없다는 걸 깨달았다.
출판사를 시작하고 3년 차, 여전히 막막하긴 하지만,
'설마 까무러치기야 하겠어' 정신으로 가고 있다.

『편집자의 사생활』을 썼다.

때론 모든 일이 이성적 판단 하에 이루어지진 않는다. 특히 나의 경우가 그러한데, 경험도 없으면서 덜컥 청소년 소설을 계약하게 되었다. 일인 즉슨, 오랜만에 청소년 소설계의 마당발 정명섭 작가님을 만나면서 시작되었다.

　　"그래서 어떻게, 마름모는 잘되어가나요?
　　출판사 이름을 '고우리'로 짓지 그러셨어요?
　　고우리 출판사⋯ 좋네, 좋아."

　　"네에? 작가님, 제발⋯."

　　"출간 계약은 많이 하셨어요?"

"네네, 어쩌다 보니 10건은 한 것 같아요.
아는 작가님들이 많이 도와주셨죠, 뭐.
감사할 따름입니다."

"그럼 뭐, 제가 도와드릴 거라도?"

"오, 그렇다면…! '시험이 사라진 세상'이라는
콘셉트를 오래전부터 생각해 두었거든요.
이런 주제로 써보는 건 어떠셔요?"

"오! 좋은데요? 흠… 이건 다른 작가들이랑 같이
앤솔러지로 내면 좋겠다! '시험이 사라진 학교'로
해서 청소년 소설을 내는 건 어때요?"

오! 일이 일사천리로 진행되었다. 성격 급한 걸로는 나도 빠
지지 않는 편인데, 정명섭 작가님의 행동력에는 혀를 내두를
지경. 다음 날 함께 원고를 쓸 작가님들을 섭외해 주시더니,
내가 검토를 끝내자 즉시 단체 카톡방을 만들어주셨다. 그러
니까 편집자가 할 일을 대신해 주신 것. 이런 횡재를 보았나.
    원고가 들어오고 편집이 무르익어갈 즈음, 슬슬 겁이
나기 시작했다. 근데 요새 청소년 소설은 판매 사이즈가 어

떻게 되지? 몇 부를 찍어야 하나? 가만있어 보자…. 인세가
요 정도 들어가니까 1천 부를 찍으면 요 정도가 남고(안 남
고), 2천 부를 찍으면 요 정도가 남는데(남나?), 당최 얼마나
팔릴지, 어떻게 팔아야 할지 감이 안 잡히네…?

　　　내가 이런 사람이다. 일단 벌여놓고 나중에 수습한다
(출판사를 차린 것도 똑같은 방식으로 이루어졌다). 며칠째 머리
를 싸매고 계산기를 두드리고 있으려니 지켜보던 그림노예[1]
가 말한다.

　　"야, 땅 꺼지겠다.
　　어떻게든 제작비를 줄여보는 수밖에 없지 않겠어?"

(아니, 편집자 18년 차인 나를 일반인이 가르치려 드네?)

　　"내가 그걸 모르니?
　　인세, 디자인비, 인쇄비… 뺄 게 하나도 없다."

　　"그럼… 내가 디자인을 해볼까?"

　　"뭐어?"

[1] 일러스트레이터로 활동하고 있는
저의 짝꿍을 일컫습니다.

북디자인을 하려면 인디자인 프로그램을 다룰 줄 알아야 한다. 그런데 나의 그림노예는 일러스트레이터이지 북디자이너가 아니다. 인디자인 프로그램을 다룰 줄 모른다. 안 돼! 안 돼! 책이 그렇게 쉬운 물건인 줄 알아?

> "유튜브 보면서 배우면 돼. 전에 조금 해봐서
> 금방 배워. 네가 디자인 보는 눈이 있으니까
> 내가 너의 손발이 되면 되지."

안 돼, 안 돼, 아니, 될까? 될지도 몰라, 된다면…? 치솟는 제작비 앞에서 달콤한 유혹에 흔들리고 말았다. 소설 본문은 에세이나 실용서 등과 달리 디자인 요소가 비교적 적다. 표지는 일러스트로 채울 거니까 제목을 최대한 예쁘게 앉혀보자. 전체적인 틀은 이전 책들을 참고하고. 그럼… 해볼까?

또다시 일이 그렇게 시작되었다. 나의 출판 인생을 통틀어 처음으로 직접(?) 디자인을 해보기로 한 것이다.

부글부글 하다 보면

일이 쉬울 거라고 예상한 적은 없지만, 이것은 폭풍 같은 전쟁의 전야였다. 일단 본문의 전체 틀을 잡는 일은 디자이너 친구의 도움을 받았다. 텍스트의 위아래와 양옆에 여백을 얼마나 줄지, 한 페이지에 텍스트는 몇 줄 넣을지 정하고, 페이지 번호가 자동으로 매겨지도록 장치를 만들어두는 일 등이다. 이제 텍스트를 이 틀에 넣어야 한다. 서체는 이미 점 찍어둔 것이 있어서 어떻게 구하면 되는지 물어보았다.

> "선배, 근데 이 서체는 가격이 얼마고요,
> 이 서체는 얼마예요."

억…! 소리까진 아니지만, 서체가 그렇게 비싸다고? 서체가 하나만 들어가는 것도 아니고 본문에만 적어도 대여섯 개는 써야 하는데, 그럼 얼마가 드는 거야? 돈 좀 아껴보겠다고 시작한 일인데, 이러면 직접 디자인하는 게 의미가 있나…?

사과 로고가 새겨진 컴퓨터만 있으면 뚝딱 디자인이 되는 줄 알았던 건 아니었다. 하지만 내 앎은 딱 거기까지였고, 나는 처음으로 디자이너가 들여야 하는 '보이지 않는' 비용의 세계를 구체적으로 들여다보게 되었다. 순박하고 무지하기 짝이 없는 편집자가 다시 계산기를 두드리며 절망하고 있으려니, 디자이너 그녀가 말한다.

> "선배, 이 사이트에 들어가 보세요.
> 여기 쓸 만한 서체들이 많아요. 다 무료랍니다."

35

아니, 이런 노하우를 대가도 없이 공유하다니, 세상에 꿀팁이 있다면 이것이야말로 꿀팁, 천사가 있다면 너야말로 천사! (나는 이후에도 숱하게 천사들을 만나게 된다.) 그녀가 일러준 사이트에는 무려 700여 개의 서체가 열려 있었고, 그것들을 일일이 들여다보기를 열 번 정도 하다가, 눈이 튀어나올 정도가 되었다. 컨펌이 필요해!

　　이럴 땐 그림노예가 나의 사장님이 되어주었다. 사장이란 이럴 때(만) 필요한 것이다. 드디어 사장님과 나 둘 다마음에 드는 서체를 결정하고 본격 작업에 들어가자, 전혀 예상치 못했던 문제들이 튀어나왔다. 이를테면 이런 것이다. 이 책은 네 편의 작품으로 이뤄진 앤솔러지인데, 각 작품마다 하나씩 일러스트가 들어간다. 네 편의 텍스트를 이미 조판해 놓은 상태에서 사이사이 일러스트를 끼워 넣어야 했는데, 도무지 중간에 일러스트 넣을 페이지를 어떻게 삽입하는지 모르겠는 거다(디자이너님들의 웃음소리가 들리는 듯하다).

　　"잠깐만 있어봐, 유튜브에서 검색해 볼게."

그리고 몇십 분이 흐른다.

　　"아, 이렇게 하면 되는 거구나."

그리고 몇십 분이 흐른다.

　　"어? 왜 안 되지? 이상하네."

그리고 몇십 분이 흐른다…. 부글부글…(나의 시점).

　　"있잖아, 그럼 이건 나중에 따로 찾아보고
　　 먼저 이것부터 하면 안 될까?
　　 이건 요렇게 고쳐야 하고,
　　 여기엔 이걸 넣어야 하는데…."

　"잠깐 기다려 봐.
　　지금 해버려야지 언제 다시 찾아봐?
　　그럼 또 까먹으니까 지금 하는 게 빨라."

　"아니, 시간이 너무 오래 걸리니까 그렇지.
　　먼저 할 수 있는 것부터 해결하고 넘어가면 좋잖아?
　　이러다 밤새우겠다."

부글부글…(노예의 시점). 그가 밍기적밍기적 하던 작업을 멈
추고 다른 페이지로 넘어간다(이겼다).

"그래, 뭘 어떻게 하면 되는데?"

"일단 여기 봐봐. 여기 페이지 번호 들어가 있지?
이거 지워줘. 그리고 이 페이지를 여기로 옮겨야 해.
그리고…."

"저기요, 대표님. 천천히 좀 합시다.
하나씩 차근차근. 내가 북디자이너가 아니에요.
정신없어 죽겠네. 여기 페이지 번호 지우라고?"

"응."

"왜?"

"원래 텍스트가 없는 페이지는 번호가 없어야 해."

"이 페이지는 여기로 옮기고?"

"응."

"왜?"

"그건…(뭔가 나쁜 말이 치밀어 오른다).

아, 그냥 시키는 대로 하면 안 돼?

그걸 언제 일일이 설명하고 있어?

이러다 책 만들겠니?!"

"아니, 나도 이해는 하고 넘어가야 할 거 아니야?

그래야 다음 작업이 쉽지!"

부글부글… 부글부글… 열기가 끓는점에 도달한다.

내
가
찾
은
타
협
점

끓는점에 도달한 열기로 라면을 끓였으면 100봉은 끓였을 것이며, 북한산 자락에 흐르는 샘물을 받아 온천도 만들었을 것이다(온천에서 라면 100봉지를 끓여 먹는 상상을 한다). 물론 책을 만들며 항상 부글부글 끓기만 했던 것은 아니다. 내가 갈 길을 잃으면 그림 노예가 나의 '객관적인 눈'이 되어주었고, 그동안 실은 그에게 많이 의지했다. 꿀팁을 전수해 주던 디자이너 친구는 최종 디자인의 '감수'를 봐주겠다고 했고, 우리의 작업을 보며 연신 감탄했다. "이게 '첫 작품'이라고?" 결단코 비용을 받지 않으려는 그녀에게 나는 끝끝내 소정의 비용을 지불했다. 사랑한다, 친구들아!

그리하여 우리는 결국 책을 만들어냈다. 마름모 출판사의 네 번째 책이자 첫 청소년 소설『시험이 사라진 학교』다. 이 책은 운이 좋게도 출간하자마자 올해의 청소년 소설로 선정돼 교보문고와 예스24, 알라딘에서만 하루에 주문이 100부씩 들어온 건 아니지만, 꾸준히 팔려 몇 달 전에 중쇄를 찍었다. 작가님들은 책이 예쁘다고 좋아해 주셨다. 그러나 지금까지도 책을 만들던 그해 여름의 끓는점에 대해선 꿈에도 모르신다.

그림노예가 말한다.

"봐, 내가 잘될 거라고 했지?
이게 다 내 손길이 들어간 덕분이야."

그래, 고맙다. 그깟 부글부글이 대수인가. 노예야말로 천사 중의 천사, 나의 대천사임이 밝혀졌다. 덕분에 디자인 비용 2백몇십만 원을 아꼈고, (계산기를 두드려본다) 이는『시험이 사라진 학교』2백몇십 권을 팔아야 벌 수 있는 돈이다. 또는 먹 1도(흑백)에 사이즈가 작은 2백몇십 페이지짜리 책 2천 부를 인쇄할 수 있는 돈이고, 또는 앞으로 마름모가 10층 건물을 세우는 데 일조할 미래의 저자 두 명에게 계약금을 투자할 수 있는 돈이다. 그리고 또….

아, 왜 나는 진작 인디자인을 배우지 않았을까? 2백 몇십만 원이나 아낄 수 있는데….

내 전문 분야가 아니라면 가능한 한 '안 하는 방향으로!'가 인생의 모토였다. 차라리 주변에서 '손이 많이 가는 아이'로 불리기를 택했다. 대신해 줄 손들이 차고 넘쳤기 때문에. 그때는 영원히 회사에 다닐 줄 알았다. 아니, 영원히 출판을 할 줄 몰랐지!

그해 여름의 끓는점 이후로 거듭 각성했다. 이제 나는 신분이 바뀌었다. 더 이상 다달이 꼬박꼬박 월급이 나오는 월급쟁이가 아니다. 전략을 세워본다. 책이 나오기까지 드는 돈은 크게 세 가지다. 저자 인세, 디자인비, 제작비(인쇄비+제본비). 생각을 해보자. 저자 인세를 안 줄 수는 없다. 저자는 노예가 아니므로. 제작비를 빼먹을 수도 없다. 책을 찍어야 할 것 아닌가. 그렇다면 디자인은….

그리하여 한글과 워드만 겨우 쓸 줄 아는 컴맹에 기계치인 내가 그날부터 인디자인 학원에 등록하여 디자이너로 화려하게 데뷔하는 시나리오로 인생이 흘러갔다면 베스트였겠지만, 그러기에 내 이성은 너무 냉철하고, 내 감각은 너무 무디다. 이게 무슨 말인고 하니, 디자인은 디자인 툴을 다루는 '기술'만으로 완성되는 것이 아님을 내가 잘 알고 있다는 뜻이다. 그래서 나는 디자이너의 감각을 산다.

책의 아름다움과 치솟는 제작비 사이에서 찾은 타협의 결과는 이렇다. 나는 요새 조금씩 인디자인을 배우고 있다. '디자인 노트'도 따로 만들어 여러 단축키와 기능 쓰는 법을 익히고 있다. 그렇다고 '디자인'을 한다고 말할 수는 없다. 표지 디자인은 디자이너에게 맡긴다. 본문 디자인도 맡긴다. 다만 본문 조판과 수정 작업은 가능하면 내가 직접 한다. 디자이너가 만든 디자인 틀에 텍스트를 앉히는 조판 작업, 교정 사항을 인디자인 파일에 반영하는 수정 작업은 기계적인 일에 가깝다. 배움의 스트레스에 따라오는 약간의 '부글부글' 과정을 거치면 누구나 할 수 있다. 나 같은 컴맹에 기계치도 말이다(게다가 은근히 재미있다).

1인 출판사가 자리 잡기까지 무엇을 준비하고 어떻게 해야 한다는 원칙 같은 게 떠돌았다. 자본은 최소 5천만 원(혹은 1억)을 가지고 시작해야 한다, 계약서는 최소 3장(혹은 10장)은 써놓고 가야 한다, 출간 리스트가 최소 10종(혹은 100종)이 쌓이면 출판사는 알아서 돌아간다 등등. 모든 사업이 다 그렇겠지만, 골자는 버텨야 한다는 것이다. 초반의 투자가 수익으로 전환될 때까지.

첫 책을 내고 만 2년, 지금까지 8종의 책을 출간했다.

나는 아직 버티는 단계에 있을 것이다. 어떤 달은 월급의 몇 배가 되는 매출을 올리기도 하고(출판사 하길 잘했네!), 어떤 달은 월급의 반 토막도 안 되는 숫자가 찍히기도 한다(나, 먹고살 수 있을까?). 매출 그래프는 울퉁불퉁, 드라마틱하기 그지없고, 이것은 내 심리 그래프와 정확히 일치한다. 천국과 지옥, 환희와 좌절….

큰돈을 가지고 시작한 일도 아니었다. 대출을 받지 않는다는 원칙이 있었다. 그렇다면 어떻게 이 울퉁불퉁한 시절을 버틸 것인가? 다시 말해, 어떻게 비용을 줄일 것인가? 그리하여 그저 책상 앞의 편집자였던 나는 '만능'이라고 할 수는 없지만 '멀티' 출판인으로 거듭 진화하는 중이다.

멀티 출판인이 하는 일을 헤아려보자. 서너 군데가 되는 서점의 MD 미팅을 하러 서울과 파주를 정신없이 왔다 갔다 한다. 물어물어 굿즈 제작 업체를 섭외해 제작한 1천여 개의 굿즈를 밤새 포장한다. 무대공포증을 앓던 인간이 작가 옆에 나란히 앉아 수많은 눈들 앞에서 북토크를 진행한다. 처음 써보는 디자인 툴로 서점 상세 페이지와 카드뉴스를 직접 제작한다. 국세청 홈택스에 들어가 다달이 세금계산서를 발행한다. 그 와중에 기획도 하고 편집도 한다.

물론 가끔 그런 생각도 든다. '마름모' 출판사에 마케터가 한 명 있었으면. 디자이너가 한 명 있었으면. 그렇다면 사무실을 하나 마련해야겠지? 직원들 월급도 줘야 하고. 그럼 마름모가 커지는 건가? 얼마나 벌어야 유지가 되려나? 가만히 마름모의 미래를 상상해 본다. 아마 여기서 1인 출판사의 '전략'이랄 것이 갈릴 것이다. 나는 1인 출판사가 되고 싶은 건가, 20인 출판사가 되고 싶은 건가, 아니면 100인 출판사가 되고 싶은 건가. 1인 출판사는 20인 혹은 100인 출판사로 가는 과정인가, 아니면 그 자체로 목표인가.

얼마 전 북토크[¶]에서 한 독자가 내게 행복이 무엇이라 생각하느냐고 물은 적이 있다. 나는 '일과 삶의 균형'이라고 대답했다. 나에겐 일도 중요하고, 삶도 중요하다. 그것이 내가 출판사를 시작한 이유이기도 하다. 20인 출판사도 다녀보았고, 100인 출판사도 다녀보았다. 지금은 1인 출판사를 다니고(?) 있다. 여러모로, 곰곰이, 다방면으로 따져보아도, 지금이 좋다. 적어도 '아직은' 지금이 좋다.

나는 20인 혹은 100인의 목표와 방향을 따라 달려가기보다, 나만의 속도와 리듬으로 걸어가기로 했다. 느리지만 정확하게, 스스로에게 맞는 목표와 방향을 설정하면서. 그것은 누구나 예상하듯 울퉁불퉁한 길이겠지만, 그래도 어쩌겠는가, 생겨먹은 대로 살게 되는 것을. 아마도 그것이 1인 출판사의 기쁨이자 슬픔, 혼자 일한다는 것의 미학일 것이다.

나는 나의 1인 출판사가 지속 가능하길 바란다. 그리

¶ 저는 2023년에 『편집자의 사생활』이란 책을 출간한 적이 있습니다.

고 그 방법을 열심히 모색하는 중이다. 그 모든 환희와 좌절의 드라마틱한 그래프에도 불구하고, 폴더에는 출간을 기다리는 10장의 계약서가 더 남아 있고, 통장에는 처음 찍혀 있던 잔고가 여전히 줄어들지 않고 불어나길 기다리고 있으니.

망할 생각은 없습니다

희석

발코니

희
석

주민등록상 이름은 '안희석'이지만, 태어나자마자
강제로 부여받은 부계의 성을 좋아하지 않는다.
이에 행정 서류가 아닌 곳에는 '희석'만 쓰고 있다.
신문사와 시청과 기업과 정당 등에서 글을 쓰며
생활비를 벌었고, 이제는 독립출판사 '발코니'를 운영한다.

『권력남녀』, 『우리는 절망에 익숙해서』,
『우주 여행자를 위한 한국살이 가이드북』 등을 썼다.

1억 3천만 원. 독립출판사 발코니를 운영하기 위해 지금까지 받은 대출금 총액이다. 출판사는 무자본 창업이 가능하다며, 새로운 수익 창출의 기회라고 강연(혹은 현혹)하는 사람들을 자주 본다. 모르긴 몰라도 아주 기묘한 사업 수단을 가지고 있거나 사기꾼이거나 둘 중 하나다. 대체로 후자일 것이다.

　　빚도 재산이랬다. 뭔가 제대로 된 부동산 하나쯤 있으니 저런 대출이라도 받지 않았을까 생각하시는 분도 있을 것이다. 그러나 전혀 아니다. 코로나19 팬데믹 전, 카카오뱅크에서 2천만 원, 케이뱅크에서 2천5백만 원을 대출했다. 당시엔 인터넷 은행 대출 문턱이 낮았다. 하지만 이것도 모자라서 새마을금고 햇살론, KB캐피탈, 코로나19 소상공인 대출 등 다중 채무로 겨우 발코니를 살렸다. 오죽하면 새마을금고 광안점 지점장님이 내게 이렇게 말했을까. "희한할 정도로 영리하게 대출을 잘 뽑아 쓰시네요." 빌리는 능력이라도 있으니 다행이었다고 해야 할까.

2019년 3월에 문을 연 발코니는 지금 6년 차다. 1억 넘는 대출금 중 이제 대출 원금이 약 3천5백만 원 정도 남았다. 원리금 상환만 몇 년째 하다 보니 모아둔 돈이 있을 리 없다. 그래도 불행하다 생각하지 않는다. 자본주의 사회에서 참으로 기대와 다른 결말이지 않을까. 이곳저곳에서 대출하며 출판사를 어떻게든 살리려는 나를 보고 분명 어딘가에선 이런 말을 했을 것이다. "저러다 망해봐야 정신을 차리지."

망하지 않았고 망할 생각도 없다.

낭만 출판 금지

시작부터 돈 얘기라서 실망하셨다면 죄송하다. 하지만 출판도 물론이거니와 모든 예술 활동은 돈과 분리할 수 없다. 출판 강연에 나가면 항상 강조하는 게 있다. 자원봉사 하듯이 책을 만들지 말라는 말을 꼭 마지막에 한다. '나는 좋아서 하는 거니까 돈을 꼭 벌지 않아도 돼요' '당장 구매하시진 않더라도 읽어주시기만 한다면 감사하죠'와 같은 마음으로 책을 만들겠다면 생각을 달리해 달라고 '부탁'한다.

출판의 낭만을 좇는 것은 좋다. 그러나 낭만만 추구하고 돈은 멀리하는 메시지가 자주 노출될수록 도착하는 결말은 하나다. 굳이 돈을 벌지 않아도 되는 사람들만 책을 만들게 되는 것이다. 출판의 다양성이 무너진다. 작가가, 편집자가, 출판인이 자기가 쓰고 편집하고 만든 책으로 생계가 유지돼야 다양한 출판도 가능하다. 시장에 출시된 여러 재화 중 꼭 '책'은 수익을 좇으면 품위가 떨어진다는 이상한 분위기에 휘감겨 있다. 이에 도서 정가 평균이 물가상승률과 비례하지 않는 현상이 일어난다. 나는 이것에 정면으로 반대한다. 1인 출판사가 책만 만들어도 먹고 사는 삶이, 작가가 글만 써도 먹고 사는 삶이 가능해야만 한다.

　　1인 출판사 대표자 중에는 소위 N잡러가 많다. 편의점 아르바이트를 하며 책을 만드는 대표, 출판과 관련 없는 본업이 따로 있는 대표, 서점과 출판사를 같이 운영하는 대표, 1년에 절반은 다른 일을 하다가 조금씩 책을 만드는 대표 등. 나 또한 마찬가지다. 출판과 관련 있는 사이드 잡을 하곤 있지만, 단순히 책을 만드는 것으로만 생계를 유지하고 있지는 않다. 도서 외주 디자인을 하거나, 출판이나 글쓰기 강연을 종종 나가거나, 지금 이 책처럼 청탁을 받아 원고를 싣는 등 손과 발을 바쁘게 움직이고 있다. 만약 1인 출판사 대표들이 하루 종일 '어떻게 책을 더 멋지게 만들 것인가'만 고민할 수 있는 환경이 만들어진다면, 독자님이 맞이할 책 세상은 지금보다 몇 곱절은 더 다채로워질 것이다.

'고작 1인 출판사들이 뭐 얼마나 책을 만든다고 다채로워지겠어'라고 생각하실 수도 있다. 그런 분들을 위해 한번 설명해 보겠다. 지금 독자님이 교보문고 광화문점 입구 문을 열고 들어갔다고 상상해 보자. 광화문점 전체에 진열된, 평대부터 서가 구석까지의 모든 책들을 눈앞에 쌓아놓았을 때, 그중 1인 출판사가 만든 책은 과연 몇 종이나 될까. 못해도 과반이다. 과반도 적은 수치일 것이다. 70퍼센트가 1인 출판사의 책이라 해도 과언이 아니다. 세상에는 여전히 우리가 모르는 책이 많고, 같은 업계에 몸담은 사람들도 모르는 책이 많다. 그 책들 중 우리의 마음을 흔드는 책은 비단 대형 출판사의 책만이 아니다. 그래서 1인 출판사들의 뿌리가 더욱 단단해져야만 한다.

책 만 드 는 발 코 니 　　발코니의 대출금과 1인 출판사들의 중요성을 간단히 이야기했으니, 이제 궁금할 것이다. 그래서, 그 1억 넘는 대출금 중 7천만 원을 어떻게 갚았고, 출판사를 하기 전엔 무슨 일을 했으며, 지금은 어떻게 먹고사는지 말이다.

　　우선 나는 지역의 사립대학교를 졸업했다. 본전공이 유전공학이고 복수전공이 신문방송학이다. 첫 직장은 비정규직 사보 편집 기자였고, 두 번째 직장은 정의당 이정미 대표의 연설문 비서였다. 이 경력만 가지고 현재 독립출판사 발코니를 운영하고 있다. 출판 관련 학과 출신도 아니고, 다른 출판사에서 일해 본 적도 없었으며, 출판 교육을 따로 들어보지도 않았다. 시쳇말로 '맨땅에 헤딩' 식으로 독립출판 세계에 발을 들였다.

오직 글을 쓰는 일만큼은 꾸준히 했기에 가능한 무모함이었다. 대학 재학 시절 대학언론사에서 활동했고, 아르바이트도 온통 글 쓰는 일로 채웠다. 지역 신문 시민기자, 지역 시청 매거진 인터뷰 외주를 틈틈이 하면서 생활비를 벌었다. 원래는 신문 기자가 되고 싶었지만, 공채에 번번이 탈락해 '역시 이 길은 내 길이 아니구나' 하고 포기했다. 그러다 정의당의 공채 소식을 봤고, 마침 당원이었기도 해서 지원했다가 덜컥, 정말 덜컥 합격해 버렸다.

가진 실력에 비해 내게 주어진 자리가 너무 컸다. 나혼자 연설문을 다 쓰는 게 아니라, 단계별로 검토를 거쳐 비서관님이 최종 업데이트하는 구조였지만, 매일 부담감이 뒷목을 짓눌렀다. 누가 봐도 나는 민폐인 존재였다. 10분 만에 얼른 초안을 올려야 할 기자회견문 하나를 두어 시간째 붙잡고 있기 일쑤였고, 전체 회의 때도 맥락을 잘 읽어내지 못해서 이상한 연설문을 만들기도 했다. 시간이 지날수록 성장하는 게 아니라 주변의 손만 바쁘게 만드는 게 내 눈에 보였다.

사직서를 내고 몇 달 동안 앞으로 무얼로 먹고살아야 하나 고민했다. 그때 독립서점을 처음 만났다.

독립서점에서 독립출판물들을 보면서 든 생각은 딱 하나였다. '내가 내 지면을 직접 만들 수도 있구나.' 기사나 연설문이란 건 어쨌든 타인을 거쳐 세상에 송출된다. 하지만 독립출판은 최종 종결을 내 손으로 할 수 있다. 새로운 가능성을 봤다. 당장 A6 크기의 작은 책을 만들어 독립서점에 입고해 봤다. 10곳 정도의 서점에 입고해 보고, 서점에서 인스타그램으로 홍보하는 장면들을 보면서 결심했다. 이제 내가 먹고살 길은 이것뿐이니 모든 걸 걸어보자고 말이다.

그때가 딱 서른이었다. 한국에서 서른이라는 나이는 여러 방면에서 애매하다. 청년이 아니라고 하기엔 아직 너무 젊고, 그렇다고 청년이라 당당히 말하기엔 어딘가 민망한 나이라 생각했다. 경계에 선 기분이었다. 만약 청년이라고 누가 인정해 준다고 해도 문제였다. 한국은 어디서든 청년, 청년 노래만 부르지 정작 청년이 살기 야박한 나라니까 말이다. 이 모든 생각과 고민을 집약한 끝에 '불안과 경계'를 나타내면서도 그 안엔 '가능성'을 담는 출판사 이름을 갖고 싶었다. 카페에서 메모장에 이리저리 끄적이다 다 덮고 나왔을 때, 번지르르한 건물에 매달린 발코니들을 봤다. '그래, 발코니로 하자.' 독립출판사 발코니가 시작되는 순간이었다.

발코니는 건물 안과 밖의 경계에 있는 존재다. 또한, 발코니는 있으면 좋고 없어도 괜찮다. 발코니가 없다고 해서 건물이 무너지거나 가치가 떨어지지 않는다. 지금 딱 내 처지 같았다. 경계에 서서 위태롭게 있으면서도, 새로 무언갈 해볼 가능성은 많이 가지고 있는, 그러나 사회 어딘가에서 나를 반드시 필요로 하지 않는 존재. 출판사 이름으로 발코니를 등록한 후, 나와 비슷한 사람들의 이야기를 책으로 만들고 싶었다. 이에 돌고 돌아 발코니는 '경계에 서서 가장 먼저 우주를 맞이하는 곳'이라는 비전을 가지고 #지역 #여성 #청년 등 사회가 발언권을 쉽게 주지 않는 사람들의 책을 만들기로 했다.

생존의 터닝 포인트

비주류의 이야기를 책으로 만들었으니, 당연히 초반 수익은 처참했다. 그래도 다행인 것은, 모든 걸 내가 직접 했기에 큰 마이너스는 없었다. 집필은 물론이거니와 편집과 디자인, 마케팅까지 모두 혼자 했다. 출판 교육을 들어본 적 없어서 시행착오는 자주 겪었어도, 불가능한 일은 아니었다. 유튜브와 유료 온라인 클래스로 인디자인을 배우며 해낼 수 있는 최대의 퍼포먼스를 내고자 했다. 외주 디자이너를 섭외하거나 해외의 좋은 원고를 가져와 출간을 시도해 보는 것도 나쁘진 않다.

하지만 그런 정석적인 방법에서 벗어나 나만의 방식으로 직접 해보니 무엇이 부족하고 무엇을 채워야 할지 금방 깨달을 수 있다.

발코니가 생존할 수 있었던 핵심은 결국 기존의 출판 방식을 굳이 고집하지 않는 것이었다. 예를 들면, 발코니는 출간 도서의 인쇄 전 감리를 보러 가지 않는다. 비수도권에서 출판하지만, 인쇄와 제본은 서울에서 하고 있기에 감리를 보려면 시간과 비용을 소모해야 한다. 초반부터 이걸 과감히 생략했다. 감리 하나 보려고 왕복 교통비와 시간을 쓰는 대신 차라리 다음 책 기획이나 다른 일을 하는 게 나에겐 나았다. 이걸 전문성 결여로 보는 시선도 있겠지만, 감리 과정도 어쩌면 출판계의 고정관념 중 하나가 아닐까 한다.

인쇄 기술은 날로 발전하고 있고, 별색 잉크를 쓰지 않는 이상 분홍색이 보라색으로 나오는 사고는 일어나지 않는다. 게다가 독자님 중 '음, 이 표지 색감은 마젠타를 조금만 더 섞었으면 깊은 살몬핑크 계열 색깔을 만들었을 텐데'라고 생각하시는 분은 거의 없다. 그 미세한 차이를 잡기 위해 인쇄일이 늦춰지거나 검토 과정이 길어지는 건 아트북 같은 아주 예민한 작업 때만 해도 충분하다고 여겼다. 샘플북 두어 권 만들어보고 모니터와 크게 다르지 않으면 바로바로 인쇄를 진행시켰다. 시간과 비용 모두 아낄 수 있었다.

그러다 차츰 작가님을 섭외하고, 다양한 사람들의 책을 만들어가면서 수익이 어느 정도 보이기 시작했다. 아마도 터닝포인트는 연정 작가님의 『내일은 내일의 해가 뜨겠지만 오늘 밤은 어떡하나요』와 진서하 작가님의 『돌아오는 새벽은 아무런 답이 아니다』일 것이다. 두 책 모두 처음엔 작가님들께서 ISBN 없는 독립출판물로 직접 제작한 상태였다. 입고된 독립서점도 많지 않았고, 아는 사람만 아는 매니악한 에세이였다. 그때 마침 나는 독립서점을 돌아다니며 좋은 작가님을 찾고 있었고, 두 책을 반드시 발코니의 도서로 출간하겠다고 결심했다. 긴 편지와 오랜 설득을 통해 마침내 작가님들과 함께 작업을 했고, 지금 그 책들은 발코니의 베스트&스테디셀러가 됐다.

『돌아오는 새벽은 아무런 답이 아니다』는 발코니의 첫 '한국문화예술위원회 문학나눔' 선정 도서다. 2021년의 일이었으니 출판사 개업 3년 차였다. 문학나눔 도서에 선정됐다는 소식을 보고 육성으로 비명을 질렀고, 곧바로 작가님께 알린 후 납품용 도서를 제작했다. 800만 원어치를 납품했으니 단박에 꽤 쏠쏠한 수익이 생겼다. 1인 출판사에게 중요한 것 중 하나는 현금 흐름이다. 출판은 우스갯소리로 '목돈 넣어 푼돈 버는 일'인 만큼, 통장에 현금이 어느 정도 있어야 다음 책을 기획할 여유가 생긴다. 발코니의 재정적 여유를 처음 크게 만들어낸 책은 아무래도『돌아오는 새벽은 아무런 답이 아니다』일 것이다.

그 후 같은 해 가을엔『내일은 내일의 해가 뜨겠지만 오늘 밤은 어떡하나요』가 베스트, 아니 초대박 베스트셀러가 됐다. 어느 날 갑자기 교보문고에서 100권, 예스24에서 100권 주문이 들어왔다. 다음 날엔 200권, 300권 주문이 들어오는 걸 보며 급하게 작가님께 연락드렸다. 연정 작가님 역시 무슨 일인지 모르겠다며 어리둥절하고 있었는데, 혹시나 싶어 트위터(현 X)에 검색해 보니 난리가 난 상태였다. 아이돌 그룹 '세븐틴'의 '승관' 님이 한 예능 프로그램에서『내일은 내일의 해가 뜨겠지만 오늘 밤은 어떡하나요』를 추천한 것이었다. 그전까지만 해도 연예인 추천 도서는 다 유료 광고인 줄 알았는데, 직접 경험해 보니 그게 전혀 아니었다. 벼락같은 행운을 맞은 셈이다.

『내일은 내일의 해가 뜨겠지만 오늘 밤은 어떡하나요』는 결국 한 번 인쇄에 2천 부, 3천 부씩 찍어도 수량이 부족할 정도였고, 그 흐름을 타며 지금도 발코니의 최대 판매량을 자랑하고 있다. 게다가 인도네시아와 일본에 번역판까지 수출 중이다. 좋은 책을 집필해 주신 연정 작가님께 가장 감사하지만, 승관 님께도 언제나 감사한 마음이다. 또한, 자신이 사랑하는 아티스트가 추천한 도서라고 해도 호불호가

갈릴 수 있는데, 좋은 말씀만 가득 전해주신 세븐틴의 '캐럿'
분들 역시 발코니의 은인이다.

　아울러 추후 인터뷰를 찾아보니 승관 님은 『내일은
내일의 해가 뜨겠지만 오늘 밤은 어떡하나요』를 친구한테
선물 받았는데, 그 친구분께서는 이 책을 독립서점에서 구매
했다고 한다. 독립서점이라는 존재가 없었다면 발코니는 이
만큼 성장하지 못했을 것이다. 이에 나는 독립서점에서 무언
갈 발코니에 요청할 땐 정말 큰 리스크가 아닌 이상 무조건
다 수용하려고 한다. 샘플북을 교체해 달라고 해도, 공급률
을 조금만 조정해 달라고 해도, 현매를 위탁으로 잠시 바꾸
자고 해도 흔쾌히 동의하는 편이다. 독립서점이 살아야 발
코니도, 이 세계도 살 수 있다. 대형서점만이 정답은 아니다.

현재와 미래의 동료분들께

두 책의 흥행이 있었다고 해서 당장의 사정이 나아진
것은 아니었다. 다중 채무 원리금을 못 갚을 뻔했을
때도 있고, 부끄럽게도 애인에게 잠시 200만 원만 빌
려달라고 한 적도 있었다. 그렇다. 현금 200만 원도
없었던 시기가 있었다. 하지만 흥행하는 책, 스테디
셀러라 부를 만한 책 두어 권이 단단하게 버텨주니
출판에 대한 자신감이 많이 붙었다. 이 자신감이 글
에도 전해졌는지 요즘은 내가 쓴 『우주 여행자를 위

한 한국살이 가이드북』이 발코니의 지갑 사정을 나아지게 만들고 있다.

발코니의 다음 행보를 섣불리 말하기는 어렵다. 출판이라는 게 언제 어떻게 변할지 예측할 수 없는 작업이고, 선언과 다른 방식으로 실천될 때도 있다. 다만 분명한 것은 발코니 앞에 붙는 '독립출판사'라는 형용사는 흔들리지 않을 것이다. 발코니가 지금까지 살아남을 수 있었던 이유는 기존의 출판 방식과 다르게, 독립적으로 계속 무언갈 시도했기 때문이다. 작가의 이름값이나 요즘 팔릴 만한 이야기를 찾지 않았다. 지금, 내가, 무엇을, 가장 좋아하고 깊게 관찰하는지가 발코니의 차기작을 결정했다. 이 방식은 앞으로도 꾸준하게 유지할 계획이다.

발코니의 책들은 크게 두 가지 부류로 나뉜다. 마음을 어루만져주는 책과, 가려운 곳을 시원하게 긁어주는 책. 전자는 발코니 출간 작가님들께서 담당하고, 후자는 내가 담당한다. 주변 친구들도 보면 내가 힘들 때 다정한 말로 어깨를 토닥여주는 친구가 있고, 마치 자신이 당한 일인 것처럼 나보다 더 크게 화를 내주는 친구가 있다. 발코니는 이런 친구들을 책으로 만든다고 생각하면 된다.

출판업은 갈수록 희망이 없다고 한다. 틀린 말은 아니다. 하지만 망해도 자리를 지키는 존재들이 있다. TV는 라

디오를 사라지게 하고, 넷플릭스는 영화를 사라지게 할 것이라고 했다. 예측과 달리 라디오도 영화도 여전히 남아 있다. 단지 그 영향력이나 위상이 줄어들었을 뿐, 이 매체들을 찾는 사람들은 사라지지 않았다. 책도 마찬가지다. 언젠가는 이곳으로 돌아올 사람들이 있다. 그 사람들을 위해서 꾸준히 밭을 갈고 씨를 뿌려 예쁘고 맛있는 책 한 권을 계속 만들 뿐이다. 그럼 어느새 '이런 책도 만들었어요?'라며 관심을 갖고 찾는 사람들이 생긴다. 이 밭을 좀 더 잘 가꾸기 위한 정부 지원금이나 각종 사회적 제도가 더 탄탄해지길 간절히 바랄 뿐이다.

지금 이 글을 여기까지 읽은 분이라면 적어도 언젠가는 내 출판사를 만들어보고 싶은 분일 것이다. 말리지 않는다. 그렇다고 이곳의 미래가 마냥 밝다고도 말하지 않을 것이다. 솔직히 나와 발코니는 운이 좋았다. 물론 마냥 운으로 된 것만은 아니겠지만, 좋은 작가님과 좋은 책, 좋은 독자님을 만날 수 있었던 건 운이 많이 따랐기 때문이다. 떠다니는 운을 자신의 기회로 낚아챌 예민함을 잘 유지할 수만 있다면 언제든 환영이다.

독자는 줄어드는데 책 만드는 사람이 늘고 있다는 현상을 조롱처럼 말하는 사람들이 많다. 수요 없는 공급이라는 말도 있다. 그런데 여기서 놓치는 점 하나가, 책을 쓰거나 만드는 사람들도 결국엔 독자라는 것이다. 인풋 없이 아웃 풋이 나올 수 없는 것처럼, 유튜버가 자신의 영상만 보는 게 아니라 다른 유튜버의 콘텐츠도 즐기는 것처럼 출판계도 그러한 방식으로 작동될 수 있다. 수요자와 공급자의 경계가 사라지는 것이다. 나로서는 오히려 출판하는 사람들이 지금보다 더, 훨씬 더 많아져서 언젠가는 '내 책 출판하기'가 버킷리스트에서 사라지는 세상이 더 좋다고 생각한다. 혹시나 지금 마음의 준비는 다 됐는데, 수요 없는 공급에 참여하는 것일까 봐 망설이고 있다면 내려놓아도 된다. 그리고 무엇보다 "요즘 출판은 수요 없는 공급이다!"라고 조롱하는 사람치고 열심히 책 읽는 사람을 못 봤다. 신경 쓰지 않아도 된다.

작가를 귀하게 마지막으로, 가장 강조하고 싶은 것은 '작가를 귀하게 모실 것'이다. 당연한 말이지만 이 당연한 걸 지키지 않는 출판사들이 너무 많다(지금 이 책을 함께 만드는 출판사 대표님들은 전혀 아니다). 작가님을 귀하게 모시지 않으면 출판사는 반드시 무너지게 돼 있다.

작가님을 귀하게 모실수록 작가님 역시 출판사가 잘 될 수 있도록 이 힘 저 힘 다 끌어와 주신다.

그 일환 중 하나로, 발코니는 2020년부터 자비출판을 의뢰한 분 외 모든 책에 대한 작가 인세를 선인세로 드리고 있다. 팔린 만큼 인세를 지급하는 게 아니라 1천 부를 찍으면 1천 부만큼, 2천 부를 찍으면 2천 부만큼 인쇄 당일에 인세를 송금한다. 발코니에 현금이 많아서 그런 것이 아니다. 작가님에 대한 최소한의 존중을 표현하고 싶은 마음 때문에 선인세 방식을 고집한다. 이 마음을 알아주는 작가님들은 각자의 방식대로 인스타그램이나 트위터에서 자신의 책을 열심히 홍보해 주신다. 마케터를 따로 두지 않아도 되는 셈이다. 이처럼 출판사가 먼저 작가님을 귀하게 모시면 서로에게 더 도움이 되는 팀을 만들 수 있다.

발코니가 1인 출판사 운영의 정답을 내릴 수는 없다. 당연히 나와 반대되는 의견도 많을 것이고, 지금까지 서술된 내용 중 의아한 지점도 있을 것이다. 그럼에도 불구하고 만약 이 부족한 내용이 현재의, 혹은 미래의 출판 동료 분들께 미약하게나마 도움이 된다면 그보다 기쁠 건 없겠다.

언젠가 지금 이 책을, 오프라인 북페어 현장에서 내밀어 주실 수 있길 바란다. 그 말은 곧 내가 발코니의 살림을 그때도 무난하게 꾸리고 있다는 뜻일 테니 말이다. 그때도 꼭 다시 한 번 말씀드리겠다.

발코니는 망하지 않았고 망할 생각도 없습니다.

지키고 싶은 마음

홍지애

꿈꾸는인생

홍
지
애

책 만드는 일의 하나부터 열까지 모두 좋았던 탓에
출판사를 차려버린 사람. 그렇게 꿈꾸는인생 대표가 되었다.
요즘 최대 관심사는 사랑하는 이들의 안녕이다.
그것을 위해 매일 기도한다.

『책 만들다 우는 밤』을 썼다.

전화를 걸어 온 A 출판사 대표님이 생존 신고라면서 허허허 웃었다. 안 그래도 내 편에서 연락을 드릴 참이었다고, 대표님 이야기를 책에 담아도 되는지 물으니 또 허허허 웃으며 "그럼요" 한다.

그분은 최근 오전 파트타임 일자리를 구했다. 주 6일, 집 근처 민물고기 도매상으로 출근한다. 군 복무 시절 이후 처음으로 활어차도 몰아보고, 사람 팔뚝만 한 미꾸라지도 보았단다. 사람들이 메기, 빠가사리, 장어를 얼마나 많이 먹는지도 알게 되었다고 했다. 운전하는 동안 심박수가 높아지는 것을 느끼며 운전을 업으로 하는 분들에게 존경심이 생겼다는데, 나는 빠가사리라는 이름만으로도 심장이 뛰었다. 민물고기는 이름부터 파이팅이 넘친다. 빠가사리, 장어, 꺽지, 퉁가리….

대표님의 취업 소식을 들었을 때 염려나 안타까움보다 다행이라는 생각이 먼저였다. 활자 앞에서 덮치듯 찾아오는 우울과 무기력을 너무 잘 알기 때문이었다. 나 역시 내 집 드나들 듯 각종 취업 사이트를 들락거린 적이 있다. 하루의 업무가 정해져 있고, 수고에 대한 대가가 성실히(많다고는 안 했다) 지급되며, 무엇보다 적당히 몸을 사용하는 자리가 절실했다. 결론부터 말하자면, 나는 외주 편집 일을 시작했다. 나이가 많은 데다가 아무리 강도가 약하다 해도 몸을 사용하는 일에는 적합하지 않은 피지컬 탓에 바라던 바를 이루지 못했다.

　　민물고기 도매상 근무든 외주 편집이든 또 다른 무엇이든, 출판사 업무 외의 일을 하며 회사를 꾸려가는 1인 출판사 대표들을 알고 있다. 폐업 신고를 하지 않았을 뿐 실질적으로는 출판사를 접은 이들도 있다. 한번은 지업사 과장님이 "출판사를 지키고 있어서 멋지다"며 내게 큰 응원을 보냈다. 거래하는 1인 출판사의 책 출간이 현저히 줄었고 아예 다른 출판사로 들어간 사람도 있다면서, 실제로 한 출판사에 방문했다가 그곳에 취직한 1인 출판사 대표를 만난 적이 있다고 했다. 나는 빠른 결단으로 방향을 틀어버린 그 용기가 출판사를 지키려는 고군분투만큼, 아니 어쩌면 그보다 더 멋지다는 입장이지만, 과장님의 응원은 이견 없이 온전히 받았다.

대체 왜 본업과 전혀 상관없는 곳으로 출근을 하고, 외주 작업으로 몸을 혹사하면서까지 자신의 출판사를 지키려 하는 걸까. 불안한 현실 이야기 끝에 A 출판사 대표님과 나는 결국 '내 출판사에서 책 만드는 즐거움'에 대해 이야기하고야 만다.

"근데 또 이 일이 가져다주는 즐거움이 커서, 허허허."

그날의 대화는 허허허, 하하하 하다가 끝났다. 그 웃음 속에서 나도 대표님도 서로의 마음을 엿보았다고 생각한다. 각자의 출판사를 지키고 싶은 마음.

『일본 1인 출판사가 일하는 방식』(니시야마 마사코, 유유)에는 이런 말이 나온다.

> 사실 우리가 다른 일에서 번 돈으로
> 출판하는 상황이 되면 안 된다고 생각해요.
> 어떻게 해야 좋은 책이 될지 24시간
> 생각하는 사람과 그러지 않은 사람은
> 일의 질에 큰 차이가 납니다.

69

저 말의 의미를 아주 잘 안다. 나 또한 생각의 밀도가 질의 차이로 나타난다는 데 동의한다. 어디 책뿐일까. 그런데 질보다 존속 자체가 우선 과제가 되는 순간이 있다. '어떻게 해야 좋은 책이 될지'는 출판사가 존재할 때 할 수 있는 고민이다. 나는 요즘 다른 일로 돈을 벌고 있다. 어떻게 해야 좋은 책이 될지 24시간 생각하기 위해서.

이런 내가 출판사 대표라니

작년 봄, 출판사 5년의 시간을 책에 담았다. 『책 만들다 우는 밤』. 처음의 설렘, 초보자의 실수와 애씀, 책을 만들며 만난 사람들, 순간순간의 감정 등 시간이 흐르면 흐려지거나 사라지기도 하는 기억들을 최대한 처음 모습대로 간직하고 싶었다. 그러기 위해선 활자 안에 가둘 필요가 있었다. 알려지지 않은 사람들의 이야기를 찾아 책으로 엮는 1인 출판사의 피땀눈물을 알리고 싶다는 마음도 컸다. 이때가 아니면 못 쓸 것 같다는 생각이 재촉한 덕에 출판사 생일을 3주쯤 앞두고 책이 나왔다.

오랜만에 그 책을 다시 펼쳤다. 책 속의 나와 책 밖의 내가 여전히 같아서 웃음이 났다. 변함없이 소심과 대범, 예민과 덤덤을 오가며 책을 만들고 있다.

나는 겁이 많고, 대화를 나누는 상대의 단어 하나 표

정 하나에 오래 마음을 쓰는 소심한 사람이다. 그런데 희한하게도 큰 결정 앞에서는 단호하고 대범해진다. 출판사 창업이 고민스럽기보다 대단히 신나는 일일 수 있었던 것은 이게 '큰일'이기 때문이었을 것이다.

따지고 보면 주저할 이유는 차고 넘쳤다. 해보지 않은 일, 가령 배본사 계약, 서점 거래, 마케팅과 영업, 세무 관리 등 앞으로 배워야 할 게 한두 가지가 아니었고, 매절, 현매, 원천세 같은 낯선 단어들에도 익숙해져야 했다. 게다가 초기 자본이 얼마 있어야 하고 원고를 몇 개쯤 가진 상태에서 시작하는 게 좋다는 등의 정보에 나는 해당되는 게 하나도 없었다.

나라고 왜 두려움이 없었겠나. 특히 세무 관련 업무를 생각하면 아찔했다. 세금계산서를 발행하고 원천세 신고 및 지급명세서 발급도 할 줄 알아야 한다니. 지방세라는 것도 내야 한단다. 출판사를 운영한다는 건 이런 업무를 모두 포함한 것이었다. 책만 잘 만들면 될 줄 알았지 이런 것까지 척척 해내야 할 줄 몰랐다.

한마디로 책 제작에 대한 경험이 부족했다. 잠깐이지만 출판사에서 근무를 했기에 책 한 권 만드는 비용을 대략은 알고 있었다. 그런데 판형이나 페이지가 달라지면 그게 또 쉽게 가늠이 되지 않았다.

3년 차 때, 기존 책 판형에서 가로 2mm, 세로 7mm 키웠다가 종이 값이 훅 올라간 적이 있다. 판형에 따른 종이 크기(사륙과 국전)에 대한 계산이 없었고, 종이 로스(버려지는 종이)를 줄이는 판형과 페이지를 전혀 생각하지 않았던 거다. 1cm에 몇십만 원이 왔다 갔다 한다는 걸 그제야 알았다. 최근 SNS에서 '출판 제작 기초' 특강 안내를 보았는데 핵심 내용 중에 '종이 계산'이 있었다. 그러니까 나는 기초 없이 출판사를 시작한 거나 마찬가지였다. 이런 이야기라면 한참을 더 말할 수 있다.

3년 차에 기본적인 실수를 했을 정도로 모르는 게 많음에도 나는 출판사를 차리는 데 머뭇대지 않았다. 설렘과 기대가 불안과 염려를 거뜬히 이겨버렸다. 글을 찾고, 저자를 만나고, 문장을 다듬고, 제목을 짓고, 글과 어울리는 옷을 입히고, 책의 문장을 소개하는 과정이 빠짐없이 좋았던 탓에 다른 것들은 충분히 극복할 수 있을 것 같았다. 흐린 눈을 하게 되었달까. 남들도 배워서 하는데 나라고 못하겠나 하는 배짱마저 생겼다. 게다가 출판은 신고제 사업이라 창업 절차가 간단하다는 것(신고만 제대로 하면 된다), 매장(사무실)이 필수가 아니라 초기 비용이 적다는 것이 큰 안정감이 되어 배짱으로 무장한 마음을 지지해 주었다. 그렇게 서른여덟 살에 출판사 꿈꾸는인생을 시작했다.

나는 내가 사업에 능할 거라고 생각했다. 꼭 출판사가 아니더라도(다른 무엇을 구체적으로 생각해 본 적은 없지만) 회사를 차리면 잘 키울 것 같았다. 이게 얼마나 터무니없는 일이냐면, 나는 자라는 동안 가족이나 친구로부터 "넌 사업을 하면 잘할 거야" 그 비슷한 말도 들어본 적이 없기 때문이다. 그도 그럴 것이 돈에 밝지가 않다. 그쪽으로 헐렁하고 엉성하다. 종이돈을 주고받는 보드게임 한 판만 해봐도 바로 견적이 나온다. 최근에 교회에서 초등학생들과 바자회를 진행했는데, 후려친 가격표를 본 5학년 아이들이 제품의 원가와 정가를 따져가며 가격을 다시 책정하는 것을 보고 놀랐다. 거스름돈이 충분치 않으니 잔돈을 만들지 말자, 상황을 보고 가격을 내리자, 낱개 판매가 안 되는 것은 묶어서 팔거나 끼워 팔자고 의논하는 모습을 보고 깨달음이 왔다.

'아, 사업은 너네 같은 애들이 하는 거구나.'

내가 출판사를 차린 건 '책을 만든다'에 방점이 있었다. 출판사는 좋아하는 일을 마음껏 할 수 있는 자격 같은 것이었다. 출판사도 엄연한 사업이고, 사업은 영리를 목적으로 하는 경제활동이란 이해와 개념이 나는 5학년 아이보다도 부족했다.

나에게 사업가 DNA가 없다는 걸 확인하기까지 그리 오래 걸리지 않았다. 책을 만드는 일과 출판사를 운영하는 일은 아주 다르다. 그 사실을 모르지 않는다고 생각했는데 연차가 지날수록 그 둘의 차이를 잘 몰랐다는 것을 알아갔다. "책 만드는 게 좋은 거라면 편집자로 남으라"던 B 출판사 대표의 조언은 그 차이에 대한 것이었다. 단순하게 말해서, 출판사 운영은 '수익'과 관련한다. 책을 잘 만드는 것으로 충분하지 않다는 뜻이다. 글이 담고 있는 메시지가 돈으로 살 만한가 따져 보고, 그 가치를 적절한 숫자로 나타낸 후 독자를 설득하고 독자의 동의를 얻는 전 과정이 운영에 포함된다. 출판사 운영은, 아니 운명은 '내돈내만(든)' 책의 판매가 결정짓는다. 따라서 출판사 대표는 글보다는 숫자에 민감해야 한다. 나는 그게 자동으로 되는 사람이 아니라는 게 애석한 지점이다.

좋은 문장을 찾아내는 일에서 희열을 느끼는 사람이다 보니 출판사를 차린 후, 거의 매일 책상 앞에 앉아 글만 봤다. 1인 출판사 대표는 사람도 많이 만나고 책방이며 책 행사도 두루 다녀야 한다는 말을 꾸준히 들었지만, 꿋꿋하게 책상 앞을 지켰다. 멋진 문장을 발견한 기쁨과 그 문장들로 책을 만든다는 설렘에 매일 새롭게 가슴이 뛰었다. 누구의 간섭이나 개입 없이 내가 뽑은 단어들로 표지를 채우고 내가 소개하고 싶은 대로 보도자료를 작성하는 것도 신났다. 조사 하나, 부사 하나 바꾸는 데는 세상 망설임 다 끌어온 듯 꼬박 하루를 고민하면서, 손익분기 같은 건 꼼꼼히 따져보지 않았다. 책이 비싸면 부담스러우니까 음… 1만 2천 원? 그리고 한 1천5백 부? 오케이. 속전속결.

　　부족한 건 숫자 감각만이 아니다. 한번은 출판사 모임에 나갔다가 어느 대표님의 말에 꽤 충격을 받았다. "저는 팔릴 만한 책을 만들어요." 저렇게 대단한 말을 저렇게 담담하게 할 수 있다니. 꿈꾸는인생과 계약을 앞둔 작가님이 '제 글이 팔릴 만하다고 생각하신 듯해서 기쁘다'라는 취지의 말을 했을 때, 나는 얼마나 다급히 대답했던가. 팔릴 만하다는 판단이 서서가 아니라고, 그냥 작가님의 글이 좋아서라고, 나는 어떤 글이 팔린다, 아니다를 알지 못한다고.

　　'팔릴 글'에 대한 감각은 어디서 오는지 궁금하다. 타고나는 걸까, 훈련하는 걸까. 그 감각은 일에 대한 애정과 열정, 성실하고 헌신적인 작업 태도, 과정에서 경험하는 보람과 즐거움과는 전혀 다른 영역이다. 그런 감각을 가진 사람을 몇 알고 있다. 준비 중인 책의 주제를 들려주자마자 B 출판사 대표님은 주제가 대중적이지 않다는 말과 함께, 어떤 식으로 구성을 하고 누구누구에게 추천사를 받고 이러저러한 프로모션을 해보는 건 어떠냐며 막힘없이 조언을 해주었다. 바로 직전에 그 글의 문장들이 얼마나 따뜻한지, 어느 부분이 내 마음에 들어왔는지, 그 글을 어떻게 만나게 되었는지 신나서 떠들어 댄 게 조금 겸연쩍었다.

좋아하는 일의 한계 출판사 창업의 의도가 수익이 아닌 '내가 좋아하는 일을 마음껏 한다'였다 해도, 그 의도에 부합하려면 결국 책이 잘 팔려야 한다. 그래야 출판사가 다음을 계획할 수 있다. 숫자가 중요한 이유다. 인쇄소 실장님이 귀에 딱지가 앉도록 이야기한 것도 바로 그것이었다.

> "대표님, 책이 잘 팔려야
> 대표님이 좋아하는 책을 계속 만들 수 있어요.
> 그래서 다음 책 콘셉트는 뭐예요? 주 타깃층은요?
> 감동받은 문장 같은 것 말고요."

아이러니한 건 숫자에 민감하지 않았기 때문에 출판사를 이어갈 수 있었다는 점인데, 이제 그런 식의 버팀은 곤란하다. 단순히 곤란함의 문제가 아니라 더 이상은 그렇게 버텨서는 안 된다. 좋아하는 일 자체가 가져다주는 만족감에는 한계가 있다.

77

최근에 새로운 책 계약을 몇 개 진행했고, 저자의 답을 기다리고 있는 것도 있다. 사업에 능할 거라는 생각은 더 이상 남아 있지 않다(나는 바보가 아니다). 그 대신 잘하고 싶다는 마음은 전보다 커졌다. 막 불타올랐다가 차게 식고, 한껏 부풀었다가 쪼그라들기를 반복하는 중인데 이게 다 적당히가 아니라 엄청 잘하고 싶어서 그렇다.

그래서 나는 잘할 수 있을까.

상상력이 필요한 순간

올해 봄, 꿈꾸는인생은 여섯 살이 되었다. 생일 아침에만 해도 케이크 한 조각을 사서 축하의 시간을 갖자고 마음먹었는데 밤이 되어서야 '아!' 했다. 그날, 대단히 바쁜 것도 아니었으면서 까마득히 잊고 있었다. 이 중요한 날을 기념하지 못한 미안함에(축하받을 사람도 나였지만) 작은 책상 앞에 앉아 늦은 자축 시간을 갖다가 그날 외주 작업 담당자가 한 말이 생일 선물이었다는 걸 깨달았다.

"결과가 따르지 않더라도 시도에 의미가 있고,
저희가 하는 일이란 게
그 안에서 가치를 찾는 것이라서요."

78

듣는 순간에도 위로가 되었던 말은 그 밤, 나를 오랫동안 안아 주었다. 그 고운 말에 안긴 채로, 새삼 출판사 이름을 곱씹어 보았다. 꿈꾸는인생. 야박한 현실에 치이느라 그 이름에 담은 내 소중한 바람을 잠시 잊고 있었다.

> 꿈에는 개인이 그리는 가장 큰 행복이 담겨 있다.
> 그 행복은 확률과 형편, 조건이나 외부의 평가가
> 무력해지는 상상력에 기초하는데, 나는 그 상상력을
> 사랑한다. 그리고 그것이 가진 힘을 믿는다.
> 먼 미래의 어느 날에 대한 것으로 끝나지 않고
> 지금 여기에서 오늘의 나를 위로하고 격려하며
> 내가 그리는 모습으로 나를 이끌 것이라고.
> 이것이 내가 책을 만들며 전하고 싶은 마음이다.
> —— 『책 만들다 우는 밤』, p.28

지금이야말로 상상력을 발휘할 때다. 신인작가의 글이 주목받기는 쉽지 않고, 내가 사용할 수 있는 자원은 제한적이며, '팔릴 글'을 알아보는 감각이 갑자기 뛰어나질 리 없다. 책을 알리고 파는 게 어려운 현실은 아마 앞으로도 변하지 않을 것이다. 하지만 내가 어떤 사람인가. 이런 피지컬을 가지고도 감히 몸 쓰는 일을 꿈꾸는 패기, 셈도 잘 못하면서 사업가로서의 성공을 자신하는 기백, 조사 하나 바꾸겠다고 하루 종일 고민할 줄 아는 끈기 있는 사람이 아닌가. 이 패기와 기백과 끈기라면 현실을 초월해 어떤 모습도 그려볼 수 있고, 그 모습을 향해 포기하지 않고 나아가기도 할 것이다.

　　아, 말은 당차게 했지만 무서움과 불안이 쉽게 사그라지지 않네? 실패의 쓴맛을 아주 제대로 본 탓일 테다. 일단 내 안에 파이팅을 채워야겠다. 빠가사리, 장어, 꺽지, 퉁가리…!

빛에서 빛으로 가는 중입니다, 아마도요

김화영

책나물

김
화
영

2009년 10월, 출판편집자 생활을 시작해 두 곳의
출판사에서 일했다. 2021년 3월, 퇴사 후 '한국문학'
책들을 출간할 생각으로 1인 출판사 책나물을 열었다.
지금까지 총 16종의 책을 출간했다. 출판사 인스타그램
(@booknamul)에 '봄동이'라는 이름으로 '편집하는삶'이란
태그를 달고 일상을 쓴다.

'미지근하게 오래오래, 열심히 재밌게!'
책나물을 계속하고 싶다.

'편집자'는 '기다리고, 또 기다리게 하는 사람'이라고 생각한 적이 있다. 작가의 원고를 기다리고, 작가가 피드백을 기다리게 한다. 디자이너가 디자인의뢰서와 원고를 기다리게 하고, 디자이너의 작업물을 기다린다. 인쇄소에서 책이 완성되기를 기다리고, 실물 책과의 만남을 기대하는 작가를 기다리게 한다. 독자를 기다리고 또 독자를 기다리게 한다. 2009년 10월부터 누군가(무언가)를 기다리고, 또 누군가(무언가)를 기다리게 했다. 편집자란 직업으로 밥벌이를 십수 년 동안 해왔단 뜻이다.

퇴사하고 1인 출판사를 시작한 것은 2021년 봄, 지금까지 총 16종을 출간했다. '1인 출판사 대표'라는 정체성이 생긴 지 만 3년이 지난 지금, 1인 출판사 대표는… 뭐랄까, '빚을 지고 또 빚을 갚는 사람'이라는 생각이 든다.

어쩌다 이렇게 되었지?

「책나물」과 「봄동이」의 시작

퇴사하고 출판사를 차리기로 결정하니, 출판사 이름을 정하는 게 제일 간단하면서도 어렵게 느껴졌다. 마지막 월급을 받은 뒤(매달 25일이었다) 2월 26일, 미루지 않고 바로 출판 등록을 하러 가야지 마음먹었다. 그런데 2021년 2월 26일은 정월대보름인 게 아닌가. 나물 먹는 날. 그래, 그럼 책나물로 하자! 갑자기 확신이 생겼다.

부르기(발음되기) 쉽고 기억하기(기억되기) 쉬운 이름, 나와도 어울리는 걸로 출판사 이름을 정하고 싶었다. 어릴 때부터 나물을 좋아했다. 깻잎, 미나리, 두릅, 겨자 상추, 루꼴라, 고들빼기… 생각나서 적는 푸르른 이파리들은 다 내 입에는 맛나다. 나물 반찬은 다듬고 씻고 데치고 무치고 꽤나 수고로운 손길을 거쳐 겨우 한 접시 탄생한다. 그렇게 정성 들여서 한 권, 한 권 내고 싶은 마음을 담은 이름, 책나물. 어쩐지 촌스러운 느낌도 있지만 나는 촌스러운 걸 좋아하니까, 허브와 또 다른 느낌을 주는 '나물'이란 단어가 한국문학을 지향하는 맥락과도 닿아 있는 것 같았다. 튀거나 요란하지 않지만 우리 몸과 마음의 건강에 도움을 주는 나물 같은 책을 만들고 싶다. 자극적인 맛보다 고유의 맛을 살려 질리지 않는 맛, 그런 책을 만들어야겠다. 책나물이란 말에 꽂히고 나서 여러 의미를 부여했다.

booknamul을 아이디로 인스타그램 계정을 만들고 나니, 운영자인 나의 이름도 있어야 할 것 같았다. 출판사 이름과 어울리게 나물 이름으로 하고 싶었는데, 언니랑 얘기를 나누다가 내가 좋아하는 '봄동'으로 하는 게 좋겠다 싶었다. 봄동은 배추의 한 종류인 줄 알았는데, 아니었다. 표준국어대사전을 찾아보니 '노지(露地)에서 겨울을 보내어, 속이 들지 못한 배추. 잎이 옆으로 퍼진 모양이며, 달고 씹히는 맛이 있다'란다. 겨울철, 노지에서 보낸 배추라니! 그 추위 속에서 제대로 자라지 못했음에도 그렇게 맛있다니! 어쩐지 고단한 삶 속에서도 잘 자란 내가 겹쳐졌다. 그렇게 나는 '봄동이'가 되었다.

언젠가 한 독자분이 책나물에 대해 "자기 자신이 작가인지도 모르는 작가를 발굴해 내는 '정체성 발명 출판의 대명사'"라고 표현해 주었다. 생각해 보지 못한 관점이었는데, 듣고 보니 정말 그랬다. 총 16종의 책 중 작가가 단독으로 쓴 첫 책인 경우가 무려 10종. 의도나 계획은 아니었다. 나는 '어떻게든 해내겠지!'

의 마음으로, '아무런 대책 없이' 출판사를 만들었다. 계약을 한 원고가 하나도 없는 상태로, 오래 시를 써오다 등단한 엄마의 시집을 첫 책으로 내고, 이후의 일은 미래의 나에게 맡기는 마음이었다. 편집자로 일하면서 제작 발주도 같이 담당하다가, 만들고 싶은 책이 생겨서, 할 수 있을 것 같아져서, 즐겁게 일하고 싶은 마음이 커져서, 일상의 순간순간을 내가 원하는 대로 만들어가고 싶은 마음이 굳건해져서… 시작한 출판사였다.

보통 투고 원고에 대한 거절 회신은 "출판사의 출간 방향과 맞지 않아 죄송합니다"라는 문구와 함께인 경우가 많다. 출간 방향이라는 건 모호하지만 또 그 말은 제법 정확하기도 하다. 책나물의 출간 방향은 결국 내 마음의 방향. 감사하게도 투고되는 원고 중 책으로 내고 싶은 이야기가 있었다. '이런 책이 있으면 좋겠다'는 바람과, 그 바람을 현실로 만들어줄 누군가를 섭외해서 책을 내는 재미도 느낄 수 있었다. 그렇게 내 마음의 흐름을 따라서 출간 목록이 쌓여갔는데, 그것이 작가의 첫 책인 경우가 많았다.

내 마음의 흐름은 최근 휴식을 결정했다. 2024년 7월 현재, 6개월째 신간을 내지 않고 있다. '책나물의 시즌 1'이 종료된 느낌이다. 거의 매일 글을 쓰던 인스타그램 계정에도 휴식기라고 공지해 두었다. 번아웃은 아니었다. 날마다 여덟 시간 내외로 자고, 너무너무 하기 싫은 일은 억지로 하지 않으려 애쓰며, 몸과 마음의 건강을 챙기면서 일하는 게 나의 자부심이었다. '책나물 시즌 2'는 언제 시작될까. 사실 누구보다 시즌 2를 기다리는 사람은, 그러니까 다음 책 출간을 바라는 사람은 바로 나일 테다. 고백하자면 내 마음이 '휴식기' 쪽으로 기울어진 데에는 '돈 얘기'를 빼놓을 수 없다.

돈, 돈, 돈 얘기를 그만하고 싶은데

대한민국에서 가장 센 종교는 '물질만능주의'인 것 같다고 농담 반 진담 반으로 말하곤 한다. 어쩌면 조금은 혁명가 기질이 있는 나로선 그 종교를 믿지 않고 오히려 경시해 왔다. 모든 신념에는 동의되지 않더라도 저마다 새겨들을 구석이 있을 텐데, '돈이 최고!'라는 교리(?)를 너무 무시했던 게 잘못이었을까. '돈이 내 삶의 방향을 결정하게 하고 싶지 않아. 돈의 노예가 되긴 싫어'라는 마음으로 살아왔는데, 지금 내 삶의 방향을 결정한 것은, 책나물의 걸음을 잠시 멈추게 한 것은, 결국 돈이라는 사실을 인정해야겠다.

가난을 벗 삼아 살아왔기에 '없는 삶'에 대한 무게감은 알지만 두려움은 적어서, 그것이 출판사를 꾸려가는 데에 제법 도움이 된다고 생각했다. 돈이 없는 게 무섭지만 무섭지 않았다. 돈은 없다가도 있고 있다가도 없는 것, 돌고 도는 것이니까. 나는 건강한 몸과 마음으로 돈을 계속 벌면서 생활을 할 테니까.

"책나물, 잘되고 있죠? 보기 좋아요." 혹은 "좋아하는 일 하면서 돈 버는 거, 너무 부럽고 멋져요." 속사정을 모르는 사람들이 건네는 인사에 웃으며 대꾸하고는 했다.

"통장 잔고를 보면 그 말이 쏙 들어가실 거예요."

그렇게 말할 때까지만 해도 은밀한 자만심이 있었다. 이런 통장 상태라면 누군가는 불안감에 잠 못 이룰 수도 있을 텐데, 나니까 진실로 명랑한 얼굴일 수 있지, 하는 뿌듯함.

오래도록 친숙한 가난이어서, 가난을 이기겠다고 눈을 부릅뜨지 않았다. 가난에 지지 않겠다고 이를 악물지도 않았다. 그저 지금은 돈이 없는 시기이고, 남에게 폐를 끼치거나 나쁜 짓을 저질러서 돈이 없는 게 아니니 부끄러워할 것도 아니라고 생각했다. 과도한 부를 축적하는 것이야말로 부끄러워해야 할 일이지 싶은 마음이기도 했다. 돈은 없지만, 남들은 부족하다는 시간을 나는 넉넉하게 누리고 있지 않은가. 산책을 하면서 연두는 더 연두가 되고 초록은 더 초록이 되는 풍경을 마주하고 웃을 수 있지 않은가. 앞으로 돈을 벌 거니까, 빌린 돈은 갚을 거니까, 안 웃을 이유도 별로 없지 뭐. 앞날을 모르고 나는 아주 씩씩하고 즐거웠다.

숫자와 친하지 않고 사업가로서도 경영 감각이 부족했던 나. 책으로 수익을 내서 기부하고 싶다고 생각했는데, 기부는커녕 손익분기점을 넘기기도 힘든 날들이 계속되었다. 최악의 자금 상황이라 생각했는데, 더 최악의 상황이 나를 기다리고 있었다. 책을 낼수록 빚이 생기는 마법! 외주 교정교열 아르바이트를 하기보다는 출판사 일에 더 집중해야 하지 않겠냐는 조언을 종종 듣기도 했는데, 다른 일로 돈을 벌지 않았다면, 글쎄, 아마 지금까지 올 수 없었을 거다. 최근에야 빚이 쌓이는 속도를 제어하고 빚을 갚는 속도를 빨리하기 위해서, 숨 고르기가 필요하다는 결론을 내렸다.

2023년 2월, 책나물 창립부터 만 2년간의 일상을 담은 전자책『편집하는 삶』(현재는 절판)을 펴냈는데, "1인 출판사 '책나물' 운영의 좋은 점 다섯 가지와 나쁜 점 다섯 가지"를 쓴 적이 있다. 좋은 점 다섯 가지는 다음과 같았다.

① 내가 만들고 싶은 책을 낸다.
② 내가 원하는 방향대로 일상을 만들어간다는 감각.
③ 늦잠을 잔다.
④ 낮잠을 자고 싶을 때 잘 수 있다.
⑤ 하기 싫은 일을 꾸역꾸역 억지로 한다는

생각 때문에 슬프거나 서러워지는 경우가 없다.

나쁜 점 다섯 가지에 대해선 이렇게 적었다.

① ② ③ ④ ⑤
다 한 글자로 대답할 수 있을 것 같다.
'돈'이라고. 자본주의 사회에서 돈은 중요하고,
내가 하고 싶은 걸 하고 또 하기 싫은 걸
하지 않기 위해서도 돈이 필요하다. 그런데
현재로서는 안타깝게도 책나물 운영만으로는
수익을 내지 못하고 있는 상황이다.
'직원들에게 월급을 못 주는 회사라면,
수익을 못 내는 출판사라면 문 닫아야죠.'
언젠가 내뱉은 적도 있지만, 다행인지 책나물은
직원들이 없고, 좋은 점이 내게는 제법 짙게
다가오기에, 아직 문 닫을 생각은 전혀 없다.
단순히 돈의 측면에서 보면 수익을 못 냈을지
몰라도, 현재까지 편집자와 작가가 만족해하는
책들이 세상에 나오지 않았나. 그 책들과 시간과
추억은 단순히 숫자로 환산 가능한 수익과는
비교할 수 없는 가치가 있다고 생각한다.

지금도 여전히 저 답변은 유효하다.

돈 못 번다는 얘기만 끝날 때까지 계속하다가는 쓸쓸해질 테니, 웃음 나는 얘기도 해봐야겠다. 『오늘 학교 어땠어?』를 쓴 초등샘Z 작가님과의 일이다.

사람마다 어떤 장면에 유독 울컥해지는 지점이 있을 텐데, 내게는 꿋꿋한 어린이나 청소년이 바로 그렇다. 친구의 자녀, 또 친조카가 태어나 함께하면서 '어린이'에 대한 애정 어린 관심이 더 깊어졌다. 어떻게 이런 말과 행동을 하지? 어린이의 마음이 고스란히 담긴 책을 내고 싶다고 생각한 지 오래. 그러다 초등샘Z 님의 트위터(현 X)를 발견하게 되었다. 초등학교 1학년 교사라는 그가 들려주는 어린이의 모습을 보며, '초등학교 1학년 교사의 에세이'를 마음속으로 기획했다. 선생님이 남긴 트윗을 보며 가제도 정했다. '오늘 학교 어땠어?'라고. '오늘 학교 어땠어?'는 어린이에게 묻는 말이면서 또한 교사 스스로에게 하는 질문 같기도 해서 와닿았다. 선생님의 1학년 교실 에피소드를 책으로 내고 싶다고 생각했지만, 바로 선생님께 메일을 쓰지는 않았다.

편집자가 작가에게 보내는 메일은 어쩐지 고백과도 닮아 있다. 괜찮은 사람이 있으면 얼른 다가가서 자신의 마

음을 전하고 상대의 마음을 얻(으려 애쓰)는 타입이 있는가
하면, 상대가 아무리 괜찮아도 자신이 준비되기 전까진 선뜻
다가가지 못하는 타입이 있는 것이다. 나는 후자였다. 그렇
게 놓치게 된 사람(작가)도 있겠지만 그건 내 몫이 아니거니,
나와 인연이 아니었겠거니 생각했다. 책나물 이름으로 3종
의 책을 내고 나서야 스스로 준비가 되었다. 초등샘Z 님에게
메일을 보냈다. 그럴듯한 기획안은 없었다. 그저 선생님의
글이 내게 어떤 의미였는지, 내가 만들고 싶은 책의 모양새
와 그동안 만들어온 책들과 내가 만난 학교 선생님에 대한
TMI까지 주절주절 마음을 눌러쓴 메일이었다. 긴장과 설렘
으로 보낸 그 편지에 작가님은 감동적인 답장을 보내왔다.
출판한 책들에 대한 짤막한 소개글에서 느껴지는 애정을 보
았다고, 자신의 글도 그런 애정을 받아 세상에 나올 수 있다
면 좋겠다고.

  초등샘Z 님은 연락드릴 당시 트위터(현 X) 팔로워가 1
만 명이 훌쩍 넘었고(이 글을 쓰며 지금 보니 이제 2만5천 명이
넘는다), 눈 밝은 편집자라면 이미 저자 섭외 연락을 했을 것
도 같았는데 아니나 다를까, 책나물과 계약서를 쓰기 전과
후에도 다른 여러 출판사의 연락을 받았다고 한다. 열대여섯
군데 출판사의 연락이 있었지만, 작고 작은 책나물을 택한
작가님. 작가님은 번듯한 기획서보다 구구절절 쓰인 내 메일

초등샘 Z 에세이

오늘학교 어땠어?

한때 어린이였던 우리 모두를 위한
초등 1학년의 반짝반짝 학교 적응기

처나무

에서 책에 대한 아이디어가 한결 더 선명하게 느껴졌다고 했다. 어떤 진심이 맞닿은 느낌!

처음 메일을 썼을 때의 가제가 그대로 책 제목이 되었다. 작가님과 의견을 주고받는 과정에서 작가님의 오랜 친구의 딸이자 한때 어린이였던, 지금은 청소년인 이안 님의 일러스트도 들어갔다. 의기투합해서 만든 이 책에 깃든 우리의 진심이 독자들에게도 가닿은 걸까. 초등샘Z 에세이 『오늘 학교 어땠어?』는 초판 1쇄 2천 부, 2쇄 2천 부, 3쇄 1천 부까지 찍어서 지금까지도 책나물에서 제일 많이 사랑받은 책의 자리를 차지하고 있다.

언젠가 어느 자리에서 편집자로서 하는 일 중에 뭘 제일 좋아하냐는 질문에 '작가와 소통하면서 원고를 책으로 만들어가는 과정'이라고 대답했었다. 편집자가 하는 일은 제법 다양하고 그 일들마다 의미와 가치가 있을 테지만, 내가 제일 재밌어하고 '내가 생각하는 편집자의 역할'과도 가장 가까워서 그런 듯하다. 작가와 편집자의 '더 좋은 원고/더 멋진 책'을 향한 '티키타카'를 좋아라하는 나로선 그 과정이 재미없거나 나를 지치게 할 땐, 더 힘들어하기도 한다. '이럴 시간에 티키타카가 재밌는 작가(혹은 원고)와 작업을 하고 싶다!' '내 인생을 이렇게 재미없는 시간들로 채우면 스스로에 대한 예의가 아니지!' 이런 마음이랄까.

편집하다 보면 작가님들마다 본인이 눈치채지 못한, 자주 쓰는 단어나 표현이 있다. 처음 에세이를 펴내는 작가님과의 작업이었는데 원고에 '늘'이 유독 많았다. 내가 몰래 (라고는 하지만 PC로 화면 교정 본 것을 작가님께 다 확인을 받으니 정말 몰래는 아니다) '늘'을 좀 뺐다고 말씀드렸더니, 작가님이 "마법사 같은… 편집자"라고 해주셨는데, 그 표현이 아주 마음에 들었다. 작가도 글의 어디가 어떻게 고쳐진 건지 정확하게 모르지만, 내 글인 건 분명한데 미세하게 더 좋아진 느낌이 든다면, 그것이 바로 편집자의 보람이랄까.

책나물 출판사를 만든 뒤, 지금까지 작가님들과의 작업은 모두 재밌었다. 앞으로도 그럴 거다. 왜냐면 내가 그럴 작가님(+원고)과 작업할 테니까! 내 마음을 건드리는 글을 쓰고, 나의 노동을 존중해 주는 작가님과 소통하며 아름다운 책을 만들어가는 과정은 얼마나 즐거운지!

책나물의 책을 읽은 독자분이 작가의 다음 책을 궁금해하면 좋겠다. 이건 책나물의 방향성이기도 하다. '다음 책이 궁금해지는 작가'의 '원고'를 '괜찮은 책'으로 만들기. 아직 갈 길이 멀지만. 작가는 '책나물에서 책을 내면 좋을 것 같은데' 생각하고, 편집자나 마케터는 '책나물에서 일하면 좋을 것 같은데' 생각하고, 독자는 '책나물에서 나온 책이 좋을 것 같은데' 생각하면 좋겠는데….

쓰다 보니 꿈이 정말 크구만! 하지만 이런 꿈이 있어야 책나물은 계속될 수 있을 테다.

이 글을 읽고 있는 당신은 지금 어떤 얼굴을 하고 있을까. 모니터 앞에 앉아 내가 써 놓은 글자들을 보니, 독자란 존재에 문득 멈칫하게 된다. '1인 출판사가 궁금하세요? 전 말이죠, 돈은 못 벌었지만 재밌게 일해왔고 앞으로도 계속 그러고 싶은데 돈이 없어요' 하는 말을 너무 길게 늘어놓은 건 아닌가 싶기도 하다. 언젠가 1인 출판사 창업을 준비하는 분들에게 조언을 건넬 기회가 있었다(지금까지 읽었으면 알겠지만 내가 누구에게 조언을 줄 정도로 성공한 사례는 아님에도, 이런 경험담 자체가 누군가에게는 도움이 될 수도 있단 생각에 제안을 수락했었다). 창업 과정과 지금까지의 현실을 있는 그대로 들려드렸다. 크게 다르지 않은 얘기였을 텐데 누군가는 "왜 그렇게 절망적인 얘기만 하는 거예요. 그렇게 돈을 못 버는데 왜 하세요?"라고 반문했다. 또 다른 누군가는 "재밌네요! 준비를 열심히 해서 저도 저만의 출판사를 꼭 할 거예요"라고 했다. 이 글에서 1인 출판사의 절망만을 너무 얘기했나 싶다가도 누군가는 이 글 속에 깃든 희망을 엿보겠지 싶은 마음이다.

예전에 같이 작업했었던 작가님은 책나물이 자신의 "최애 출판사"라고 말했고, 한 독자님은 "작가와 편집자 간 신뢰가 두텁고 부드러운 분위기를 자랑하는 곳"이라며 언젠가 책나물과 꼭 인연을 맺고 싶다고, 그때까지 지금처럼 계속 있어 주면 좋겠다고 했다. 출판사를 믿어주는 작가의 마음, 알아보고 읽어주는 독자들의 마음에 기대어… 무엇보다 스스로의 일상을 원하는 방향대로 만들어 나간다는 감각에 힘을 얻어… 오늘도 책상 앞에 앉아본다.

쓰다 보니 알겠다. 나는 마음과 마음들에 빚을 지고 있다. 책나물을 계속하기 위해 돈을 생각하지 않을 수 없어서, 1인 출판사 대표는 빚을 지고 또 빚을 갚는 사람이라고 처음엔 쓴 거였는데…. 돈을 벗어나서도 그렇구나, 나는 정말 빚을 지고 빚을 갚으며 살고 있네, 싶어진다.

'빚'에 점 하나를 찍으면 '빛'이 된다. 빚과 빛 사이에서, 빛 쪽으로 한 걸음씩 내딛는 중이다. 고마운 사람들에게 빚진 마음은 빛나는 책을 세상에 선보이는 것으로 갚아나갈 것이다.

여기까지 읽으신 독자분에게 덧붙이는 말씀.
읽어주셔서 정말 감사합니다.

너무 돈 없다는 얘기만 쓴 것 같아서 민망하네요.
3년쯤 뒤에 다시 같은 주제로 원고 청탁을 받는다면,
그땐 희망이 가득한 이야기를 쓸 수 있을지도
모르는데(그런 삶일 수 있도록 애쓰고 있거든요),
아쉽습니다. 이 글에 담긴 1인 출판사 운영의
어려움에 공감하셨다면, 이 책에 실린 출판사들의
이름을 다시 봐주세요. 각 출판사가 펴낸 책을
찾아보고 관심 가는 책이 생겨서, 도서관에
희망도서 신청을 해주신다면, 아마도
많은 사람들에게 큰 기쁨이 될 거예요.

이 글을 쓸 때는 '책나물의 시즌 1'을 종료하고
쉬어가는 중이었는데요. 결국 책 만드는 게
좋은 사람이라서, 책나물이 계속되길 바라는
마음으로, 지금은 '책나물 시즌 2'를 시작했습니다.

빛에서 빛으로, 오늘도 한 걸음 더 걸어봅니다.

이상하고 멋진 것을 찾아서, 계속

김민희

책덕

김
민
희

한 번도 그렇게 불러 달라고 한 적이 없으나 출판사 이름이
자연스럽게 닉네임이 되어 "책떡"이라고 불리곤 한다.
무슨 일이든 대수롭지 않게 하려고 한다. 그렇게 살다 보니
세상의 기준보단 내 기준을 따르는 것이 중력을 의식하지
않은 채 걷는 것처럼 당연한 일이 되었다.

『이것도 출판이라고』를 쓰고, 『미란다처럼』,
『예스 플리즈』, 『책으로 비즈니스』 등을 옮겼다.

"너무 빠른 거 아니야?"

책덕 출판사 대표 김민희가 여태 가장 많이
받아온 질문은 이런 종류가 아닐까 싶다.
그를 잘 아느냐 모르느냐, 아끼느냐 아니냐에
따라서 어투는 조금씩 달라졌겠지만 말이다.
IT 계열 책을 주로 출판하는 회사에서
'겨우' 3년, 편집자로 일했다. 업계에서 3년이면
분기점이라고들 하기는 한다. 보통은 이 회사에
계속 다니는 것이 앞으로 출판 커리어에
유리한지 아닌지 판단할 만한 시기다.
좀 더 스케일이 있는 사람이라면?
출판이라는 업종이 자기한테 맞는지 아닌지,

아직 늦진 않았으니 다른 '큰 물'에 도전해 볼까
고민할 것이다. 그런데 김민희는 어느 쪽도
아니었다. 그는 출판사를 차리기로 결정했다.
—— 『미래가 물었다, 지금 잠깐 시간 되냐고』, 헬북

위의 인터뷰를 할 당시(2019년)만 해도 '내가 출판사를 시작
한 시기가 좀 빠르긴 했지'라고 생각했다. 하지만 이제 와 다
시 보니 세상이 말하는 '빠르다' '느리다'라는 평가는 정말 아
무짝에도 쓸모가 없다. 만약 어떤 행동을 빠르다거나 느리
다고 판단할 사회적 기준이 존재하며, 그걸 지키기 위해 어
떤 선택을 망설이고 있는 사람이 있다면 이렇게 말해주고 싶
다. 그런 기준 따위는 존재하지 않으니 그럴 시간에 새로운
선택을 추동하는 내 안의 기준이 무엇이며 선택 후에 어떤
삶의 경로를 만들어가고 싶은지나 고민하라고.

당시에 참고하기 위해 펼쳐본 1인 출판사 창업 가이
드나 조언을 보면 초반에 10종 정도의 책을 기획하고 꾸준히
종수를 쌓아나가야 한다는 조언이 가장 일반적이었다. 그
이유는 당연하게도 10종의 책이 동시에 판매가 되어야 그 수
익으로 다시 새 책을 제작하는 과정을 반복하면서 출판사가
굴러가는 운영 구조를 만들 수 있기 때문이었다.

하지만 나는 이 조언을 따를 수도 없었고 따르고 싶

지도 않았다. 일단 10종의 책을 기획하고 제작하려면 적어도 1억이 필요했는데, 대출을 받아서까지 출판사를 차리는 게 내 목적은 아니었기 때문이다. 그때 수중에는 퇴직금 6백만 원이 전부였는데, 그 돈이면 내가 좋아하는 여성 코미디언 미란다 하트의 책 판권에 대한 선인세를 지불하고 제작비 정도만 충당할 수 있을 터였다.

당시 나는 출판사를 운영하고 싶은 게 아니라 내가 재밌게 읽은 책을 만들며 회사 밖에서 '나의 일'을 만들어가고 싶었다. 누구나 좋아할 원고를 출판하고 싶어 회사를 그만둔 게 아니라 내가 좋아하는 여성 코미디언 미란다 하트의 목소리를 나의 번역으로 한국 독자들에게 전달하고 싶다는 욕심이 가장 컸다. 일반적인 출판사처럼 편집이나 디자인을 외부 전문가에게 맡기지 않고 직접 해보고 싶기도 했다. 1인 출판과 독립출판 사이에 명확한 경계가 있는 건 아니지만 아무래도 내가 하고 싶은 것은 독립출판에 가까웠다.

그때부터 지금까지 내가 만든 책으로 돈을 벌겠다는 생각을 한 적이 없다. 누군가는 패배주의라고 부를 수 있겠지만 '책을 많이 팔아본 경험이 없는' 나에게는 지극히 당연한 생각이었다. 어쩌면 그렇게 마음을 먹어야만 통제광으로서 불안정한 프리랜서 생활을 시도할 멘탈을 갖출 수 있었을지도 모르겠다.

명함을 만들 때도 직함이 들어갈 자리에 출판사 대표
가 아니라 '자유일꾼'이라고 적었다. 그때까지 내가
경험한 출판사는 매우 무거운, 느린 조직이었다. 관
리해야 할 책이 계속 쌓였고 그만큼 창고 관리비는
기하급수적으로 늘어갔다. 많이 팔기 위해 서점으로
많이 내보낸 만큼 반품도 많이 들어왔고 상대해야 할
이해관계자와 거래처도 증가했다. 난 가벼운 자유일
꾼이 되고 싶었다. 혼자 책을 만들기에 의사결정을 빨리 내
릴 수 있고, 내가 깊이 관여하는 책만 만들기 때문에 독자와
의 거리도 상대적으로 더욱 가깝다. 책덕은 많은 수량을 유
통사에 넘기지 않기 때문에 반품도 거의 들어오지 않는다.
책덕의 책을 느리게 만드는 대신 나머지 시간엔 다른 작업을
하며 '내 일'을 만든다. 벌이도 시원치 않고 크게 눈에 띄기
도 힘들겠지만 분명 일에 집중하는 모든 순간이 누구도 뺏을
수 없는 나만의 자원으로 쌓여갈 것이다, 라고 생각했다.

그렇게 혼자 번역하고 편집하고 디자인하며 2년에
한 권씩 책을 출판했다. 미드와 영드를 보며 천재가 아닌가,
생각했던 여성 코미디언들의 책이 '코믹릴리프'라는 이름의
시리즈로 느리게 쌓여갔다. 삶 속에서 만나는 쪽팔림, 부당
한 평가, 슬픔, 갈등, 불평등, 부조리함 등 모든 부정적인 것
을 코미디로 승화하는 작가들의 책을 만들며 어느새 그들의

트릭을 조금씩 훔쳐서 내 것으로 만들 수 있었다.

어느덧 책덕이라는 출판사를 등록한 지 10년째 되는 해, 나는 '잠시 멈춤' 버튼을 눌렀다.

여기에서 멈출까, 더 가볼까?

이것도 출판이라고, 10년째 사업을 정리할까 고민이 드는 데에는 몇 가지 결정적 이유가 있는데, 그 첫째는 돈이다. 단순히 이 사업의 '돈벌이'가 얼마나 되냐, 그것보다는 지금까지의 성과가 선명하게 드러나는 이 숫자가 과연 앞으로 사업을 계속 영위해야 할 근거가 되는지에 관한 것이다. 10년 동안 6종의 책, 전체 수량 만 부의 책 중 7천 부 가량을 판매했고 파생되는 전자책과 관련 콘텐츠 등의 수익을 고려한다 해도 수지가 맞는 사업이라 판단할 수 없었다. 다행히 빚도 없고 어떻게든 계속 끌고 가자면 다른 외부 일을 하며 끌고 갈 수 있겠지만 나는 심적으로 매우 지쳐 있었다. 결정적으로, 번역서는 5년마다 재계약을 해야 하기 때문에 각 타이틀을 계약한 지 5년이 돌아올 때마다 재계약금을 내야 했다. 판매가 거의 멈춘 책에 생명유지장치를 붙이면서 언제까지 출판을 계속할 수 있을까, 그리고 나름대로 열심히 한다고 뛰어다녔는데 돌아온 경제적 성적표(자본주의 사회에서는 거의 절대적인 지표에 가까운)가

'근근이 살아가고 있음'이라는 사실이 자괴감을 느끼게 했다.

게다가 코로나19가 세상을 덮치면서 천하제일 집순이라고 자부했던 나조차도 마음대로 바깥에 돌아다닐 수 없는 날이 지속되자 가슴이 갑갑해지기 시작했다. 일정한 방향으로 흐르는 듯했던 커다란 사회적 흐름도 방향을 잃기 시작했다. 그 틈새에서 부업, 파이프라인, 전자책, IP 사업 등 새로운 아이템으로 돈이 몰리는 모습이 보였다.

이 흐름을 타고 조금이나마 내가 가진 특기를 살리려면 뭘 할 수 있을까, 골똘히 생각에 잠겼다. 기댈 곳이 별로 없는 자영업자로 살다 보면, 할 수 있는 거라면 뭐든지 시도해 봐야 한다는 태도에 익숙해진다. 이때부터 나는 내가 가진 재주를 돈으로 바꿔먹을 수 있는 거라면 뭐든지 해보자며 '시도 파티'를 벌이기 시작했다. 웹소설 쓰기, 디지털 사진 판매하기, 촬영 장소로 부엌 대여하기, 온라인 강의 찍어서 판매하기, PDF 책 판매하기 등등. 이때의 경험을 모두 그러모아 다시 한 권의 PDF 전자책을 만들었고 '츄라이 츄라이 민츄라이'라는 제목을 붙였다. 어린 시절부터 사용하던 닉네임 민트리(mintry, 민희+시도하자)를 활용한 제목이었다.

『츄라이 츄라이 민츄라이』라는 책을 써보자고 생각하기 직전에 크몽에서 『1인 출판사와 창작자를 위한 출판 마케팅』이라는 PDF를 올려서 100부 정도 판매해 봤다. 그랬던

터라 사람들 사이에서 PDF를 사고판다는 개념이 점점 확장된다는 느낌이 들었다.

책덕은 『미란다처럼』, 『예스 플리즈』, 『민디 프로젝트』, 『보시팬츠』, 『로스트 보이스 가이』, 그리고 『미란다처럼』 중쇄까지 총 6번 모두 텀블벅에서 크라우드 펀딩을 통해 책을 만들어왔다. 이번에 만든 『츄라이 츄라이 민츄라이』 PDF도 텀블벅에서 펀딩을 해보기로 했다. 마침 텀블벅에서 진행하는 '노하우 기획전(노하우를 담은 책만 모아서 이용자들에게 노출해 주는 혜택이 있는 이벤트)'을 신청한 참이라 발등에 불이 떨어진 느낌으로 글을 썼다.

『츄라이 츄라이 민츄라이』는 당시에 여기저기에서 많은 수익을 올릴 수 있다며 광고하는 N잡 소개서가 아니었고, 그냥 이것저것 부업 비스무리한 것을 시도해 본 '시도 기록'에 불과했지만, 사이드잡에 대한 관심이 높을 때라 그런지 170만 원이라는 꽤 의미 있는 펀딩 금액을 모을 수 있었다. PDF 제작비는 무료이고 유통이나 관리를 할 때도 비용이 거의 들지 않으니 종이책에 비하면 투자 대비 수익률이 비교도 안 되게 높은 일이었다.

사람들이 지갑을 여는 콘텐츠는 무엇이고 책으로 만들어야만 하는 것은 무엇일까, 다시 한 번 되돌아보게 되는 지점이었다.

코로나19 시기는 굉장히 양면적인 감정과 경험을 선사했다. 모든 것이 셧다운 되었지만 나의 세상엔 큰 변화가 없었다. 코로나19 전에도 후에도 나는 혼자 집에서 내가 원하는 시간에 일했고 사람보다는 시스템에 기대어 일을 해왔다. 어쩌면 변화에 직격탄을 맞진 않았지만 아이러니하게도 그 때문에 오히려 나에게 변화가 필요한 건 아닐까 하는 생각에 닿게 되었다.

선택의 기로에 선 두 번째 이유는 "'내'가 꼭 '출판'을 해야 할까?'라는 의문이 강하게 고개를 들었기 때문이다. 출판 산업은 오래전부터 사양 산업이라고 분류되어 있지만, 현재는 그 어느 때보다 다양한 1인 출판사와 개성 있는 출판물이 쏟아지는 시기이기도 하다. 가끔 책방에 나가서 각자의 멋으로 무장한 책들을 살펴보면 '굳이 내가 책을 만들 이유가 있을까?' 하는 생각이 든다. 어쩌면 '책을 만들 수 있기 때문에' 책 만드는 일을 하려는 건 아닐까? 만약 내가 꼭 만들어야 하는 책이 있다면 어떤 책일까? 그런 의문이 꼬리에 꼬리를 물고 이어졌다.

결정적으로 '잠시 멈춤' 버튼을 누른 이유는 '외로움'이었다. 몇 년 전까지만 해도 혼자 하는 일이 제일 좋고 재밌고 자유로웠는데 어느 순간부터인가 몰입도가 떨어진다 해야 할지, 재미가 없어졌다. 새로운 상상을 하고 기획을 하는 순간은 좋았지만 '앞으로도 그것만으로 충분한가?' 하고 스스로에게 물으니 아닐 것 같다는 대답이 돌아왔다.

마침 사업자 등록을 한 지 10년이 되는 날인, 6월 28일이 다가오기도 했고 이왕 이렇게 된 거 잔치를 벌여서 그동안 책덕을 지켜봐 오고 응원해 준 사람들, 그리고 앞으로 무언가 함께 일을 도모해 보고 싶은 사람들을 초대해 내 솔직한 고민을 공유해 보기로 했다.

10년이라고 하니, 벌써 그렇게 되었냐며 축하한다는 인사가 쏟아졌지만 사실은 '책덕, 이대로 괜찮은가 – 대책 회의'라며 정말로 길을 잃어서 여는 행사라고 연신 해명을 했다. 행사 장소는 바로 내가 살고 있는 집이었다. 책덕의 10년은 모두 집구석에서 이루어졌고, 책덕과 관련된 책과 자료도 모두 집에 있었기에 이곳이 아닌 다른 곳에서 그럴 듯한 파티를 열고 싶진 않았다.

집안 곳곳에 커다란 폼보드를 붙여 시기별로 책덕의 지난 시간을 훑어볼 수 있도록 전시를 준비했다. 그동안 책을 만들면서 했던 고민이 담긴 노트와 작업 과정에서 찍어두었던 사진과 서류, 컴퓨터 속 디자인 파일도 모두 열어두었다. 작은 방에는 코믹릴리프 시리즈를 사랑해 준 독자를 위해 책 속에서 마음에 드는 구절을 필사하고 스크랩북으로 만들 수 있는 코너도 마련했다.

그리고 내가 마주한 고민 몇 가지(지금까지 냈던 책과 다른 장르의 책을 내도 될까요? 책덕이 출판 말고 다른 일을 하면 어떤 느낌일까요?)를 벽에 붙여놓고 방문객이 의견을 남길 수 있도록 쪽지함도 만들었다.

나의 생각을 언제나 빛나게 해주는 친구 림주와 이상하고 멋진 동료 면과 함께였다. 참, 집을 함께 사용하고 있는 반려인 간재리에게도 당분간 집안 곳곳에 덕지덕지 붙인 여러 가지 전시물에 대해 양해해 달라 미리 부탁해 두었다.

행사 당일 두근거리는 마음으로 방문객과 인사를 나누었다. 이런 식의 조잡한 '리얼 방구석 파티'에 놀러 와 주는 사람이 있다니 정말 기분이 묘했다. 돈도 생각만큼 못 벌고 성과도 생각만큼 나오지 않았지만, 어쩌면 우리는 세상이 죽어라 가리키는 그 두 가지 지표에만 집착하느라 인생을 풍성하게 해주는 사랑을 알아차리지 못하고 사는 것 같다.

"책덕의 그림과 감성은
저에게 지하철 같은 느낌이에요.
이게 돈이 어떻게 될지 모르겠지만
뭔가… 지하철에서 만나보고 싶은 느낌이에요."

"책덕의 '일과 생활'이 편안하게 굴러간다면

그것이 바로 행복 아닐까요!
고유한 정체성을 잃지 않고도
수익 구조를 만들 수 있다면 그게
이 시대를 가장 잘 살아가고 있다는 증거 같아요."

"(실용 에세이는) 왠지 민희 님과
 잘 어울리는 장르예요. 누군가의 진실한,
 고유한 이야기라면 어떤 이에겐 분명 실용적일 듯!"

"새로운 시도를 즐겁게 하는 출판사,
 민희 님의 모토가 출판사가 되면
 더 직관적이고 흥겨울 것 같아요."

"국내 집필서 좋아요!
 말랑말랑 일상 소설에 SF 요소를
 가미하면 어떨까요? 고양이 모카리가
 밤에는 컴퓨터에 앉아 번역을 한다든가…."

"너무 귀여운 행사였어요.
 배도 채우고 구경도 실컷 하고 갑니다.
 새로운 책덕도 많이 기대돼요.

이제 2회차 시작!!"

"끝까지 나아가는 힘, 서로 공유합시다."

"새롭고 신기한 시간이었어요.
 영감의 샘물 같은 공간이네요.
 10주년 축하드려요."

나는 아마 평생 이날을 잊지 못할 것이다. 내 멋대로 벌인 일
에 응답해 주고 누추한 작은 공간에까지 들어와 나라는 사
람을 풍성하게 채워준 사람들의 얼굴을 마음속에 하나하나
새겨본다.

　'행복이란 이런 맛이군.'

비록 행사 다음 날엔 하루 종일 누워 있어야 했지만(내향형이
라 많은 사람을 만나면 반드시 혼자 충전할 시간이 필요하다) 고
민 공유회는 확실한 터닝 포인트가 되어주었다. 결정적으로,
하고 싶은 것이라면 뭘 해도 되겠다는 확신을 얻었다.
　유행어를 빌리자면 '내가 하고 싶은 거 다 해~'라고
할까나.

처음 출판사를 시작할 때 명함을 만들며 직함이 들어
가는 자리에 '자유일꾼'이라고 새겨 넣었다. 사업이
아니라 내가 허락하는 일만 하고 살며 자유를 지키겠
다는 다짐이자 선언이었다. 책덕이라는 출판사가 망
한다고 해도 껍데기를 지키기 위해 헛된 시간을 쓰고
싶지 않았다. '출판이라는 사업'을 앞세우기보다 '책
만드는 자유일꾼'으로서 정체성을 만들고자 했다. 지
난 10년 동안 내가 해온 일은 '책덕 출판사'이기도 했
지만 '자유일꾼 책덕'이기도 했다. '그 가치를 알아보
는 사람들에게 내 생각을 전하고 함께 재밌는 일을
벌여보자. 앞으로의 10년은 그렇게 살아보는 거야.' 혼자 나
지막히 되뇌었다.

자유일꾼으로 살다 보니 주변에 비슷한 삶의 방향성
을 가진 사람들이 하나둘 모여들었다. 이 사람들과 함께 일

하고 싶은데, 기존에 존재하는 회사처럼 운영하고 싶지 않았다. 내 방식대로 회사를 만들려면 어떻게 해야 할까? 일단 '어울림'이 먼저라고 생각했다. 그리고 어울리기 위해서는 공간이 필요했다.

집을 벗어나서, 넓은 세상 속 10평 남짓한 공간을 찾았다. 그렇게 책덕 다용도실은 연남동 골목에 문을 열었다. 이름 그대로 어떤 일을 하는 공간인지 정해놓지 않았기 때문에 무엇이든 할 수 있다. 면은 타로와 사주를 보고, 림주는 음식 이야기를 하거나 보사노바 공연을 한다. 해나는 피아노 레슨을 하고 노래를 만든다. 간재리는 평소 좋아하는 스페셜티 커피를 다양하게 사서 맛보는 모임을 열었다.

그렇다면 나는? 출판이라는 상자 밖으로 훌쩍 뛰어나와서 내 직감을 더 믿어줄 예정이다. 결국 나는 책을 만들겠지만 '책을 위한 책'이 아니라 내가 발견한 이상하고 멋진 것들이 자연스럽게 책이 되어갈 것이다. 지금 내 삶에는 확신도 없고 보장도 없지만 그 어느 때보다 자유와 창조력이 가득하다.

온 우주의 기운이 모여져 만든 직업, 출판

이세연

헤윰터

이
세
연

1인 출판사 혜윰터 운영. 평범한 직장인으로 얌전히
20년을 지내다가 어느 날 성취하는 삶은 글렀다는 것을
깨닫고 경험하는 삶으로 인생 목표를 바꾸어 그에 맞춰
다양하고 새로운 경험하기를 도장깨기 삼아 살고 있음.
먹고살기조차 힘들다고 모두가 말리는 출판업이었지만
인간이 지적 유희를 즐기는 한 책은 사라지지 않을 것이라
믿고 오늘도 아등바등 버티는 중.

'어쩌다' 출판사를 하게 됐냐는 질문을 자주 받는다. 처음 만나는 사람에게 소개를 시작하면 출판사 이름이 무엇인지, 무슨 책이 있는지 묻고, 연차가 얼마 되지 않았다 하면 당연히 편집자 출신이냐, 마케터 출신이냐는 질문이 이어진다. 둘 다 아니라고, 그럼 작가 지망생이어서 본인 책을 출간하고 싶은 것이냐 묻는데, 그것도 아니라 하니 동그래진 눈으로 재차 질문을 한다.

"아니, 그럼 어쩌다 출판사를 하게 됐어요?"

일반 기업체에서 영리에 매우 밝을 것만 같은 재무, 경영기획 등 숫자 관련 직무만 담당했던 사람이 남들 보기에 출세

117

나 부하고는 거리가 먼 출판사를, 게다가 1인 출판사를 한다고 하니 낯설 수밖에.

그렇다. 출판 프로세스에 도움이 되는 재능 하나 없이, 그렇다고 대단한 기획력이나 충분한 자본금도 없이 뛰어들었으니 내가 생각해도 참 무모하기 짝이 없다. 하지만 항상 난 온 우주의 기운이 나를 출판으로 이끌었다고 답한다.

책 읽기도 아닌 책 수집만 하는 내가, 아무런 인연이 없던 출판을 대체 어쩌다 인생 후반기의 천직이라 믿게 되었을까?

나는 유리천장을 뚫지 못하고 약 20년의 직장 생활을 마감했다. (미래에 대한 걱정과 불안이 많았지만 번아웃이 심했던 터라 우선은 오랫동안 꿈꾸던 버킷리스트, 타향살이를 실행했다. 더블린에서 7개월, 5개월의 유럽여행과 산티아고 순례길, 제주살이 8개월 등) 약 2년간 재충전을 핑계로 원 없이 국내외 여행을 다녔다. 한 푼의 수입도 없이 저축을 다 까먹고 나니 생계 걱정이 눈앞으로 다가왔다. 원래 하던 일로 이력서를 넣고 취업을 해야 하나 고민했지만 갑갑한 조직으로 다시 돌아갈 생각을 하니 앞이 캄캄했다. 게다가 다시 취업이 된다고 해도 기껏해야 5~6년이나 더 버틸 수 있을까 하는 걱정이 들었다.

저자와의 만남이나 인문학 강연을 들으러 다니다 보니 출판사 인맥이 조금 생겼고 그중 출판이 그리 어려운 일이 아니라고 꾀는 친구도 있었다. 지금 생각하면 참 어처구니없는 얘기였고, 오만한 생각이었지만 당시 세상이 만만했던 내가 어깨너머 보기에도 별거 없어 보였다.

한동안 한 귀로 흘려듣다가 어느 날인가 문득 솔깃해서, 출판 프로세스나 알아보자는 마음으로 검색을 했다. 마침 한국출판문화산업진흥원에서 고용보험 지원을 받는 3개월 프로그램 교육생 모집이 있음을 알게 되었다. 자세히 내용을 알아보니 서류 마감일이 사나흘 지난 시점이었다. 보통은 지레 포기했을 텐데 너무 아쉬워 담당자에게 전화해 읍소하니 웬일인지 지원서를 내보라 했다. 관련 경력도 쓸 것이 없으니 거의 공란인 채로 낼수밖에 없었는데 무슨 배짱이었나 모르겠다. 그렇게 면접 자격을 얻었다. 이게 웬 횡재지?

면접에서는 진심을 담긴 했지만 사실 자신 있게 대답할 수 있는 부분이 별로 없었다. 출판인이 되겠다고 굳게 결심한 것도 아니고, 출판이나 이 교육에 대한 정보도 제대로 갖추지 못했으니 무슨 할 말이 있었겠는가. 이왕이면 붙고 싶었지만 내 딴엔 간절한 마음으로 오래 준비했을 다른 지원

119

자의 기회를 뺏으면 안 되겠다 싶어 주제넘게 마치 양보하는 듯한 답변을 많이 내놓았다. 나의 복합적인 문제점을 면접관도 알아차렸는지 역시나 떨어졌다는 통보를 받았다.

7월 말 불합격 통보를 받고 출판은 내 길이 아닌가 보다 하고 마음을 접고, 교육이 시작되는 9월 말에 친구들과 계획한 발리 여행을 준비했다. 그런데 9월 초, 기존 합격자의 교육 자격에 문제가 생겨 대기자 순번인 내게 기회가 왔다고 주최측에서 연락이 왔다. 피고용 여부와 교육 참가 의향에 대해 묻는데 아직 실직 상태가 맞고 교육 기간 중 여행을 다녀와야 하지만 교육을 받고 싶다고, 교육에 대한 강한 의지와 여행을 포기할 수 없는 피치 못할 사정을 정성스레 피력했다. 스태프들의 상의 끝에 80퍼센트 출석률을 꼭 지켜야 한다는 다짐을 받고 교육을 듣기로 했다. 그렇게 나는 출판 창업 교육에 참가할 기회를 얻게 되었다.

훗날 이야기를 들어보니 면접관이자 교장 선생님이었던 분은 나를 출판업에 대한 성의가 없고 교육도 그닥 간절하지 않은, 아주 태도가 불량한 지원자로 판단했단다. 그나마 소통 창구였던 스태프가 그런 사람은 아닌 것 같다고 변호해 준 덕분에 대기자로 있었는데 기껏 기회를 주었더니 교육 시작하자마자 5일인가 연달아 결석을 해야 했으니….

물론 5일의 결석 이후 모든 수업에 출석하며 성실하

게 따라갔다. 비록 잘 알아듣지 못해 어리바리하기는 했어도. 그리고 수료생 중에 이미 운영 중이던 곳 말고 새로 출판사를 등록해 여태 버티고 있는 곳은 아마 혜윰터 한 곳뿐이 아닌가 싶다. 나중에 내가 불량한 지원자라고 생각하셨던 그 면접관에게 여전히 그리 생각하시냐 물으니 생각이 바뀌었다고 답해주셨다. 나는 첫인상이 좋다는 말보다 나빴던 첫인상을 호감으로 바꾸어 놓는 일에 훨씬 뿌듯함을 느끼고 묘한 쾌감마저 느낀다. 하여 이 에피소드는 자랑하기 위해 자주 써먹는 소재다.

한편 우리가 처음이자 마지막 수혜자였던 그 교육 프로그램은 그 후 사라지고 말았다. 하지만 교육을 받으면서 기억 속으로 묻어두었던 어릴 적 두 가지 꿈을 상기하게 되었다. 사는 동안 책 두 권 정도 출간하고 싶다는 것과 서점 주인이 되고 싶다는 것. 출판 일을 하면서 잊고 있던 서점 운영을 다시 꿈꾸게 되었고, 지금 이렇게 한 꼭지나마 출간을 위한 글을 쓰고 있으니 뜻하지 않게 어릴 적 꿈에 한 걸음씩 다가가고 있는 느낌이다. 이런 우연한 사건이 거듭되니 온 우주가 나를 출판으로 인도한 것인가 하는 생각이 들 수밖에. 출판사는 내일 망해도 이상하지 않을 만큼 허우적대고 있지만 이 생각은, 내 선택을 의심하지 않을 수 있는 힘이 되어주고 있다.

운명이라는 믿음과 설렘을 안고 출판을 시작했지만 현실과 나의 주제를 제대로 파악하지 못하고 나선 것이 바로 입증됐다. 국내 저자를 섭외하여 기획할 자신은 없어서 외서 판권을 먼저 공략했다. 좋은 책을 발견하여 잘 만들어 세상에 내 놓으면 다음 제작비는 어렵지 않게 벌 줄 알았다. 그렇게 혜윰터의 첫 책 『그들은 목요일마다 우리를 죽인다』를 출간했고 결과는 실망스러웠다. 선인세, 번역비, 편집비, 디자인비, 인쇄비까지 목돈이 한 순간에 후루룩 통장을 빠져나갔지만 주문은 가뭄에 콩 나듯 들어왔다. 서점 마진을 빼고 나면 내겐 1권당 1만 원 정도가 생겼는데 이걸 언제 모아 손익분기점을 넘길까 싶었다. 그나마도 편집, 디자인은 지인 찬스를 써서 작업비를 깎았는데 지인들에게 정당한 노동의 대가를 지불하지 못한 게 옳지 않다고 생각해 재쇄를 찍게 되면 지불하지 못한 비용을 마저 주겠다고 약속했다. 하지만 그 약속은 결국 지켜지지 못했고 그 책은 절판하고 말았다. 지금도 그들에게 미안한 마음이다.

첫 책과 동시에 준비한 『어부의 무덤』은 석 달 뒤에 출간됐고 프란치스코 교황을 만나는 등 이슈를 만들었지만 역시 재쇄를 찍는 데 겨우 성공했을 뿐이다.

와! 이게 이렇게 어려운 일이었어?

일이라는 것이 본질은 다 같고 세부 차이는 부딪치며 배우면 된다고 쉽게 생각했으나 결정적으로 나 자신을 제대로 몰랐던 것이 가장 큰 문제였다. 출판 교육 당시 자신이 만든 책을 사랑하지 않으면 남들은 그 가치를 알아봐 주지 않는다고, 당당히 남들에게 책을 내세우라 배웠는데 그게 잘 안됐다. 의미 있고 재미있는 책을 찾아 정성들여 만들었어도 출간하고 나면 아쉬운 점만 눈에 띄었고 무엇보다 내 책을 사달라고 읍소할 영업자의 자세가 도통 안 나왔다. 내가 출판인이라고 할 수 있나 싶고, 내가 만든 책이 다른 책과 비교당해 폄하되면 어쩌나 하는 걱정이 멈추지 않았다. 조금씩 용기를 내보고 있지만 이건 아직도 극복하지 못한 숙제다.

도대체 무슨 배짱으로 이 일을 선택했을까?

출판 시장은 역사 이래 매년 내리막길이라고 한다. 이 산업에 관심을 갖게 된 이후 항상 여건이 악화되고 독서율과 독자들이 준다는 기사만 보인다. 간간이 대박을 치는 작품이 나타나 출판사가 어떻게 됐다느니, 작가가 인세를 얼마 받았다느니 하는 말이 전설처럼 돌지만 나에겐 아직 그림의 떡이다.

내 인건비는 둘째 치고 외주 파트너들에게 지급하는 비용도 늘 고민이다. A급으로 작업비를 산정하지 못하는 건

기본이고, 가성비 높은 파트너들을 찾아 헤맨다. 당장 손익 분기점을 계산해야 하니 같은 값이면 나에게 유리한 작업자를 선택한다. 하지만 그 비용이 정당한가에 대해서는 늘 찜찜한 기분이 든다. 다른 산업에 있다가 와보니 출판 산업 노동자에 대한 처우가 생각보다 많이 열악하다는 것을 한눈에 알았다. 번역자, 편집자, 디자이너 등 나름 지식의 최전선에서 일하는 노동자들이 적절한 대우를 받지 못하는 것이 안타깝고, 그저 책이 좋아 적은 보상으로 이 산업을 지키고 있는 이들에게 늘 경의를 표하고 있다. 많이 벌면 정당한 보상을 해야겠다는 다짐은 늘 하지만 혼잣말일 뿐 언제 실현할지는 요원하다.

부끄럽게 출판 5년차가 넘었음에도 아직 수익보다 비용이 많은 구조라 어디선가 자금을 구해서 투입해야 한다. 밑 빠진 독에 물 붓기 같지만 아직 투자 기간이라 우기며 슬픔을 달래본다. 인생을 살며 부딪치는 문제 중 돈 문제가 가장 쉬운 거라는데 도대체 내게는 왜이리 어렵기만 한지 모르겠다. 대출 이자까지 감당할 각오가 되어 있어도 가진 것 없는 가난한 이들에겐 은행 담벼락조차 어마무시하게 높다. 하지만 하다 보면, 버티다 보면 그 어두운 터널을 지나 그럭저럭 살 수 있다고 하니 아직 그 말에 기대어, 희망고문하며 꾸역꾸역 견디고 있다.

남들은 나를 대범하고 평정심이 뛰어난 사람으로 오해하지만 가까이에서 지켜본 사람은 알 것이다. 얼마나 소심하고 불안이 많은지를. 나의 감정 기복과 부정적인 상태가 드러날수록 타인을 질리게 할 수 있음을 알기에 수면 아래 백조의 다리처럼 티 나지 않게 종종거릴 뿐이다.

나는 행동하기 전에 생각을 더 오래 하는 타입이고 머릿속으로 납득이 안 되는 일은 잘 나서지 못하는 편이다. 게으른 완벽주의자라는 평가에 걸맞게 그야말로 한 걸음 내딛기까지 오랜 숙고와 많은 용기, 각오가 필요하다. 게다가 출판에 대한 경험이 일천한 한계를 가지고 시작했으니 과정이 더디게 나아갈 수밖에 없음을 알면서도 나의 유리 멘탈은 나를 우왕좌왕하게 한다. 남과 비교하고 자책하고 부러워하느라 수시로 무기력에 빠져든다.

내가 가진 기득권을 모두 버리고 출판을 시작했기에 무에서 출발하여 출판사 브랜딩도, 인맥도, 성과도 모두 새로 쌓아야 한다. 그렇다면 그 시작은 응당 초라할 것이다. 거절당하는 일이 상수라는 것쯤은 머릿속에 탑재해야 하는데 나의 시선은 내가 늘 애정하던 유서 깊은 출판사와 선망하는 작가들에 꽂혀 있다. 작은 성취에 기뻐하기보다 주변의

범접하기 어려운 성공을 부러워하고 질투한다. 그리고 나의 보잘 것 없는 성과에 대해 자책하느라 한없이 나락으로 떨어지기 일쑤다.

질투하는 마음은 그것대로, 남의 성취를 진심으로 축하해 주지 못하는 못난 내 모습 때문에 힘들다. 원하는 바를 이루지 못한 것은 나의 때가 오지 않아서 그런 것일 수도 있는데 모든 원인을 내 능력 탓으로 돌려 주눅 들고 자책하느라 또 힘들다. 그러고는 마음을 잡지 못하겠다며 일을 미루는 핑계로 삼는다.

기쁨은 적절히 숨길 수 있지만, 슬프고 위축되는 마음을 표현하면 주변에서는 잘하고 있다며 앞으로 좋은 성과를 내면 된다고 응원을 해줬다. 하지만 듣기 좋은 소리도 한두 번이고 습관적으로 반복되니 오히려 안 좋은 반응이 돌아온다. 심지어 한 고참 마케터에겐 최선을 다하지 않을 핑곗거리로 삼으려는 습관이 아니냐는 따끔한 질책을 들었다. 그야말로 민망하고 정신이 번쩍 드는 얘기였다. 이제는 되도록 일이 뜻대로 안 풀린 경우 자책하고 반성하는 얘기는 삼키려고 애쓴다. 하지만 성향은 쉽게 고치지 못하는지라 표현만 덜할 뿐 마음은 늘 폭풍 속이다. 일하느라 피곤한데 마음까지 다스려야 하니 더욱 갈 길이 멀고 조바심만 난다.

나는 정말 괜찮은 출판인이 될 수 있을까?

시대의 아픔에 공감하고 사회적 이슈에 목소리를 내주는 사람들이나 뭔가 한 가지에 집요한 덕후들에게 마음이 간다. 언젠가부터 그들이 집필한 책을 매개로 만날 수 있다는 사실을 알고는 작가 덕질이 시작됐다. 유시민, 윤태영, 강신주, 강헌 등 무수히 많은 저자들의 북토크나 강연을 쫓아다녔다.

월급쟁이 막바지 시기에 번아웃이 심해 일과 회사에 마음을 붙이지 못하고 인문학 강연 프로그램이나 저자 북토크를 예약해 놓고 주 2~3회를 쫓아다녔다. 그것은 숨통을 틔워주는 공간이었고 고통스러운 현실을 환기하는 시간이었다.

퇴근 시간만 되면 잽싸게 책상을 정리하고 사라지는 내 태도가 회사 사람들에겐 어떻게 보였을까? 중견 간부였으니 상사도 잘 보좌해야 하고 후배들을 챙겨 조직력을 다져야 하는 역할, 그것이 일반적인 조직의 기대일 것이다. 야근도 열심히 하고, 회식에도 적극적으로 참석하고 이벤트도 창의적으로 만들어야 하는 상사들의 기대에 한참 어긋나는 사람이었다. 조직 생활에 소홀한 개인주의자였고 심지어는 CEO가 원하는 회식조차 미리 예정된 약속이 아니면 선약을 핑계로 거절했으니 윗사람에게 곱게 보였을 리가 없다. 주변 선배, 동료들은 회사 업무와 관련된 교육도 아닌 취미생활이나 열심히 한다며 한심하게 생각했다. 그러든 말든 내가 살고 봐야 했다.

그렇게 눈총을 받으며 쫓아다닌 취미생활이었는데 출판사를 차린 이후에는 업무의 일환이 되었다. 그야말로 기획이나 저자 발굴이라는 핑계로 마음 놓고 덕질할 명분이 생긴 것이다. 이미 출간된 도서가 있는 작가도 좋고, 특정 분야의 전문가라도 좋고, 아니면 문화 콘텐츠의 주인공이어도 좋다. 여전히 인문 강연이나 저자와의 만남 자리에 열심히 참석한다. 대체로 출간 도서를 기반으로 하는 자리라 그 저자들이 혜윰터의 저자가 될 가능성은 적지만 나의 철없는 덕질을 포장하기 위한 근사한 명분이 되어주기도 한다. 신간이 나오면 좋아하고 존경하는 분들 중 출간 도서의 정체성을 알아주실 분들을 떠올려 책과 함께 손편지를 보낸다. 답이 오지 않는 경우가 대부분이지만 그래도 드문드문 저자분들께서 답장을 보내주는 경우도 있다.

아, 그러고 보니 평생 잊지 못할 장면이며 자랑하고픈 성덕의 순간이 있다. 바로 프란치스코 교황님 알현과 문재인 전 대통령의 혜윰터 도서 추천 사건(?)이다.

해외 유적지를 방문할 경우 보통 가이드 투어를 신청하는데 로마 바티칸 성당의 역사는 신자가 아닌 내게도 늘오묘한 신비감을 더해줬다. 가이드 해설을 듣고 돌아와 더 알아보고자 책을 찾았는데 학술서나 종교 서적이 아니고서는 마땅히 읽을 만한 것이 없었다.

혹시 한국에 들여올 만한 외서가 있을까 하고 아마존 온라인 서점을 헤매다가 찾은 것이 바로 『어부의 무덤』 원서인 『The Fisherman's Tomb』이다. 초대 교황 베드로의 무덤을 찾아 70년 간 행해진 비밀 연구와 2013년 프란치스코 교황이 이 연구에서 증명한 베드로의 뼛조각을 세상에 소개하기까지의 과정을 소개한 책이다.

본문에 실린 사진 저작권 문제로 교황청에 사용 허락을 얻어야 했는데, 그 과정에서 도움을 받은 당시 교황청 주재 이백만 대사님께 『어부의 무덤』 출간 후 책을 보내겠다고 연락을 드렸다. 그랬더니, 직접 바티칸으로 가지고 오라는, 농담인지도 모를 말씀을 하셔서 덥석 물었다. 항공편과 숙소 예약을 하며 준비하는 와중 〈두 교황〉 영화가 매개가 되어 프란치스코 교황 알현 프로그램이 있다는 걸 알게 됐다. 내가 알현 명단에 선정된다는 보장은 없었지만 일정을 변경하고 교황님께 드릴 선물을 준비했다. 대사님께서는 그냥 던져본 말인데 내가 너무 적극적으로 덤벼 걱정이 되셨다고 한다. 선정이 안 될 가능성이 훨씬 컸으니까 말이다. 준비는 하되 안 되면 말지 하는 마음으로 갔는데 알현 하루 전날 선정됐다는 이야기를 들었고 드디어 교황님을 만나게 되었다.

　　알현 프로그램을 신청하면 세 그룹으로 나뉘어 교황
님을 뵙는데(신혼부부, 일대일로 대화하는 특별 알현, 같은 공간
이지만 먼발치에서 뵙기만 하는 일반 알현으로 나뉜다) 나는 약
50여 팀의 특별 알현 그룹에 선정되어 교황님과 눈을 맞추
고 대화를 할 수 있었다. 대사관에서 준비한 알현 신청서를
보니 출판사 자격이었고, 아마도 교황청 구성원들이 거의 다
읽은 『The Fisherman's Tomb』의 한국어판 출판인이라는 점이
가점 요소가 되었나 보다.

　　교황님께 한국어판 『어부의 무덤』을 출판했다고, 읽
지 못하셔도 기념품으로 소장하시라고 책과 국립중앙박물
관에서 준비해 간 선물을 드렸다. 또한 한반도의 평화를 위

해 기도해 달라고 말씀드렸더니 교황님도 자신을 위해 기도해 달라고 하셨다. 교황청 공식 사진사가 옆에서 연사를 찍는데 대사님이 주신 팁대로 교황님께 계속 말을 붙였더니 무려 사진이 60여 장이나 올라왔다. 장당 가격이 비싸서 그중 잘 나온 사진을 선별해 13장 가량을 다운받아 간직하고 있다. 가끔씩 꿈은 아니었나 하고 들춰보곤 한다.

이후 『어부의 무덤』은 연합뉴스 특파원이 교황님과의 만남을 상세하게 다뤄주었고, 교보문고 '100인의 테이블'이라는 작은 출판사를 위한 큐레이션 도서에 선정되기도 해서 2쇄를 찍을 수 있었다. 하지만 종교적인 색이 강한 제목 때문인지, 마케팅을 잘못한 탓인지, 역사와 지리 관련 교양 인문서임에도 불구하고 그 이후엔 띄엄띄엄 판매가 되고 있다. 역시나 가장 어려운 분야는 마케팅이다. 책 잘 파는 묘수 어디 없나?

기적 같은 일이 찾아와도

또 하나는 『우주시대에 오신 것을 환영합니다』와 얽힌 이야기다. 한창 코로나19로 세상이 격변하던 시기라서 유튜브 '삼프로 TV'를 즐겨 보며 세상의 변화를 따라가고 있었는데, 어느 날인가 우주산업 이야기가 귀에 꽂혔다. 당시 나는 우주여행이나 우주탐험을, 재산이 주체가 안 되는 부자들의 돈놀음 정도로 생각할 만큼 부정적으로 보았다. 그러나 시대의 흐름은 따라가야겠다 싶어서 공부도 할 겸 국내에 소개할 책이 없을까 아마존을 찾아보기 시작했다. 국내 온라인 서점에서 책 쇼핑을 할 때도 한번 빠져들면 시간 가는 줄 모르고 검색을 하는데, 아마존에서 책을 찾을 때는 언어도 서투르니 시간 소요가 더 컸다(다행히 요즘은 구글 크롬에서 아쉬우나마 자동으로 한국어 변환을 해주어 얼마나 고마운지 모르겠다).

시간 가는 줄 모르고 관심 분야를 좁혀가며 검색하다가 마주친『Not Necessarily Rocket Science』. 어랏, 이 책 에이전시가 보내준 레터에서 본 것 같은데? 해외 판권 중개 에이전시가 보내준 메일을 가까운 시간부터 뒤져 서너 달 전 메일에서 드디어 발견했다. 당시는 관심이 없었던 이야기라 스쳐 지나갔는데, 영화를 전공하고 홍보 마케터로 시작해 과학 커뮤니케이터가 되어 우주비행 훈련까지 받는 저자의 이야기와 우주 탐구 역사의 개요까지 담은 책, 나 같은 문외한에게 딱인 책이었다. 아직 판권이 살아 있는지 확인하고 원고를 받아 읽어본 뒤(에이전시의 요약만으로는 내 취향인지 온전히 판단을 못 하겠기에 영어가 서툴러도 원서를 다 읽어보고 판단한다) 계약하기로 결정했다.

계약한 원고는『우주시대에 오신 것을 환영합니다』라는 제목으로 출간됐다. 이 책의 출간 시점이 존경하는 문재인 대통령이 퇴임한 직후였는데, 책을 만들면서 문재인 정부가 나로호를 준비하던 기사를 접했던 게 생각이 났다. 이참에 작은 출판사 한 곳이 대통령님을 열렬히 좋아하고 있음을 알리고 싶어 그간 출판했던 몇 종의 책과 손편지를, 평산 사저로 보냈다. 당시는 평산책방 개장 전이어도 페이스북으로 가끔 책 추천을 하시던 때라 혜윰터 책 중에 소개하고 싶은 책이 있으면 좋겠다 싶었다. 하지만 그렇지 않더라도 마음이 전달되어 대통령이 작은 출판사에 대해 따뜻한 기억을 갖게 되시면 좋겠다는 바람이 있었다.

그 후 아무 일도 없이 한 달이 훌쩍 지나서 잊어버리고 있었는데 어느 날 '대통령 추천 도서'라는 깜짝 선물을 받았다. 주변에서는 대통령이 어떻게 혜윰터 책을 접하게 됐을까 궁금해했는데 혹시 폐를 끼칠까 봐 그저 우연인 척, 대통령이 이 책을 직접 고른 척했다. 하지만 사실은 내가 보낸 책과 편지 때문에 그분의 눈에 띈 것이 맞다. 훗날 평산책방의 비서관을 만날 일이 있었는데 다섯 장의 손편지에 너무 구구절절한 팬심이 드러나서 대통령님이 꼭 읽어보셔야 한다는 생각을 했단다.

잠깐 책의 후일담을 얘기하자면, 아무리 셀럽을 통해 소개된 책이라도 마케팅의 완성은 결국 출판사가 해내야 하는 일임을 알게 되었다. 선물처럼, 도둑처럼 갑자기 날아든 대통령님의 도서 추천 소식은 마치 특급열차 승차권 같았다. '이제 혜윰터도 베스트셀러 책을 갖게 되는 것인가? 재쇄를 몇 부나 찍어야 하지? 인쇄 기간 동안 품절 사태가 일어나면 어쩌지?' 온갖 즐거운 상상을 하며 먼저 그런 일을 경험한 출판사 마케터나 서점 MD들에게 문의했다. 그러나 돌아온 답변은 흥분하지 말라는 것. 초반에 일정 부분 상승작용은 있지만 계속 이어갈 수 있는지 지켜봐야 한다고, 제작은 판매 추이를 따라가야 한다는 조언이 이어졌다.

역시 현장을 잘 아는 선배들의 말이 맞았다. 이 책이 혜윰터 책 중 가장 많이 팔리는 책인 것은 맞지만, '대통령 추천'이라는 띠지 하나 두르고 멀뚱멀뚱 지켜보기만 해서인지 출판사의 재정 사정을 확 뒤집을 정도의 판매에는 이르지 못했다.

항간엔 혜윰터는 큰 행운이 찾아와도 성과로 만들어내지 못하는 출판사라고 흉 본 사람이 있다는 이야기도 들렸다. 작은 출판사를 위한 대통령님의 선의를 유의미한 결과로 만들지 못해 죄송하다는 생각이 들고 마케팅이란 것이 셀럽의 힘이 아닌, 궁극적으로는 출판사의 능력이라는 것을 배운 사건이었다. 그러나 내가 좋아하는 분이 출판사 X계정(구트위터)을 맞팔로우하고, 혜윰터라는 출판사를 인지하게 된 것으로 나는 마냥 뿌듯한 성덕이 되었다.

이렇듯 존경스럽고 선한 영향력을 가진 인물들 중 책을 사랑하고 책과 관련된 인물들이 많다 보니 생업과 연결 지어 더 자연스레 다가갈 수 있는, 만남의 명분이 되어주기도 한다. 많은 에너지를 투입해 누군가를 쫓아다니기에는 조금 과한 나이가 되었음에도 책이 근사한 핑계가 되어주니 얼마나 좋은가. 물론 책을 만들고 홍보하는 일보다 더 많은 열정을 보일 때도 있어 가끔 출판이 취미활동이냐고 되묻는 사람도 있다. 여전히 밥벌이로써 충분치 않은 수입이지만 즐길 수 있는 일을 생업으로 가진 것보다 더 큰 복은 없다고 믿는다. 知之者 不如好之者요, 好之者 不如樂之者라 하지 않았던가. 덕질을 계속 하다 보면 언젠가는 자연스레 성과도 따라오리라는 근거 없는 낙관으로 앞으로도 좋은 사람들의 좋은 이야기를 찾아 열심히 쫓아다닐 것이다.

죽을 때까지 즐겁게 할 일을 찾았으니 나는 참 운이 좋은 사람이다.

출판이라는 미로, 그 속을 헤매는 워커홀릭

최수진

세나북스

최
수
진

세나북스 대표. 20대 후반에 다녀온 일본 어학연수가
인생의 터닝포인트가 되었다. 2015년부터 1인 출판사를 시작,
일본 관련 에세이를 여러 권 출간하는 등 일본에 대한
관심과 일본 여행이라는 취미를 직업과 연결했다.
일본 관련 책뿐 아니라 다양한 관심사를 출판과 연결하는
시도를 끊임없이 하고 있다.

55권의 책을 펴냈고, 지은 책으로 『책과 여행으로 만난
일본 문화 이야기』, 『책과 여행으로 만난 일본 문화 이야기2』,
『키워드로 만나는 일본 문화 이야기』, 『내 작은 출판사를
소개합니다』, 『1인 출판사 수업』, 『일본어로 당신의 꿈에
날개를 달아라』, 『데이터 아키텍처 전문가가 되는 방법』이 있다.

너라는 숲속에서 난
갈 곳을 잃은 러브홀릭
—— 〈러브홀릭〉 중에서

얼마 전 인기리에 방영한 드라마 〈선재 업고 튀어〉의 가장
인상적이었던 장면 중 하나. 남자주인공이 버스를 쫓아가서
세우는 장면에는 노래 〈러브홀릭〉이 흐른다. 슬로우모션이
걸린 선재의 얼굴은 캬~. (정신 차리고) 사랑에 빠진 여자의
절절함이 묻어나는 노래인데 이상하게도 나를 위한 노래처
럼 들렸다. 듣고 또 듣는데 내게는 이렇게 들렸다.

출판이라는 미로 속에서 난
책을 팔기 위해 워커홀릭

대학을 졸업하고 회사 생활을 시작했다. IT 개발자라고 불리는 일을 했다. 프로그램도 짜고 나중에는 데이터 아키텍처 컨설턴트로 8년간 일했다. 일본 어학연수 1년과 짧은 육아 휴직을 제외하면 계속 회사 인간이었고 IT 업계에서 17년간 일했다.

그날도 회사에서 열심히 일하고 있었다. 내가 다닌 마지막 회사는 벤처로 시작해서 어느새 중견기업이 되어 안정 궤도에 접어들고 있었다. 내 생활도 안정적이다 못해 지루하기만 했다. 그러다 문득 이런 생각이 머리를 스치고 지나갔다.

'내가 우리 사장님 좋은 일만 하고 있네!'

열심히는 아니어도 시키는 일은 해내는 근면 성실한(?) 직원이었다. 주변에서 일중독이라는 소리도 가끔 들었다. 아무일도 하지 않는, 더 쉽게 이야기하면 돈을 벌지 않는 나를 상상하기 힘들었다. 항상 무언가를 해서 돈을 벌어야 직성이풀리는 사람이 바로 나다.

하지만 정해진 시간에 출퇴근하고 휴가도 눈치 보며쓰는 직장인 생활에 질려가고 있었다. 회사에 쓰는 이(엄청난?) 에너지와 아이디어를 진정 내가 좋아하는 일에 쓸 수 없는 것일까? 내가 다니던 회사의 사장님은 강남에 빌딩을 샀고 회사를 대기업에 매각했다. 내가 그 강남 빌딩 벽돌 하나 정도는 보탠 것 같아 기분이 썩 나쁘지는 않지만 일하면서 내내 남 좋은 일만 했다는 생각이 들었다. 당시 내 나이 40대 초반, '빌딩은 아니어도 좋다. 다 쓰러져 가는 초가집이라도 내 집을 만들어야겠다. 이제라도!' 이렇게 결심을 하게 된 순간이 찾아왔다.

벌써 10년 차라니! 2014년에 회사를 그만두고 2015년에 출판사를 시작했으니 벌써 10년 차다. "그 정도 일했으니 이제 조그만 집이라도 지었나요?"라고 물어보신다면…. 아주 작은 집 하나는 지은 것 같다. 1층으로 단출하지만 그 안에서 어떻게든 먹고 자고 살 수 있다. 계속 책을 출간하며 살 수 있는 기반은 조그맣게 다졌다. 물론 매출도 그리 크지 않고 혼자 하는 사업이니 내세울 것도 없고 자랑할 거리도 없지만 지금의 생활에 꽤 만족하고 있다.

빵 터진 베스트셀러도 없고 엄청난 자금이 있는 것도 아니다. 하지만 항상 새로운 책을 만들고 새로운 사람을 만나면서 흘러가는 하루하루가 즐겁고 신나고 설레는 게 사실이다.

141

내가 회사를 계속 다녔다면 지금쯤 어떤 생활을 하고 있을까? 생각만 해도 고개가 절레절레 흔들어진다. 50대 초반, 회사에서 얼마나 버틸 수 있을지, 도대체 이 회사를 나가면 무슨 일을 할 수 있을까 고민하고 있었겠지. 내 경험이 정답은 아니지만 만약 지금 두 번째 직업을 고민하는 분들이 있다면 적어도 40대 중반 전에는 움직여야 한다고 말씀을 드린다. 50살이 가까워지면 다른 일을 하기가 쉽지 않고 사업의 성공 확률도 많이 떨어진다. 물론 원래 하던 일을 기반으로 새로운 일을 한다면 조금 다르겠지만 나처럼 출판사에 다니거나 출판해 본 경험이 없는 사람이 출판사를 시작하면 위험 부담이 너무 크다. 그러나 출판사 출신이 창업한다고 해도 반드시 성공한다는 보장은 없다.

그럼 10년 차인 지금은 항상 만족할 만한 결과물(책)을 만들고 있을까? 아니다! 아직도 배울 것은 많고 결과물에도 만족하지 못한다. 책 만드는 일에 자신감이 있는 것도 아니다. 느리지만 한 권 한 권 만들며 조금씩 나아지고 있다고 믿고 있다. 기획할 내용은 넘치고 책 만드는 과정은 무척 즐겁다. 세상 모든 일이 책의 주제나 콘셉트가 된다. 아직도 부족한 능력과 시간의 제약으로 머릿속 아이디어를 전부 책으로 빨리 만들진 못한다. 그래도 출판은 즐거운 일이고 죽을 때까지 할 수 있다고(적어도 지금은) 생각한다.

앞으로도 새로운 관심사가 생긴다면 그에 관한 책을 얼마든지 만들 수 있다. 물론 책의 수준이나 책을 만드는 내 실력이 문제가 되겠지만 항상 더 좋은 결과물을 내기 위해 고민하고 노력한다. 생각하고 행동하고 보고 듣고 경험하는 모든 것은 내 생각을 살찌우고 책을 만드는 밑거름이 된다. 회사를 다닐 때는 이러한 지적 욕구를 충족하기가 힘들었다. 만약 스스로 책 읽기와 글쓰기를 좋아하고 책 만드는 일에도 흥미를 느끼고 있다면 1인 출판사도 좋은 선택지라고 생각한다.

바로 내가 그랬으니까.

출판은 제조업이다?! 출판은 원래 한국표준산업분류에서 제조업이었다. 그러다 지금은 정보통신업으로 바뀌었다. 하지만 나는 좀 엉뚱한(?) 주장을 하고 싶다. 출판은 제조업이 맞다. 제조업은 일반적으로 공장이 있고 그곳에서 물건을 만든다. 책은 공장이 없어도 만들 수 있다. 한국표준산업분류에서도 정보통신업이라고 하는데 무슨 소리냐고 할 수도 있겠다.

내가 출판을 제조업이라고 말하는 이유는 출판에 눈에 보이지는 않는 공장이 필요하기 때문이다. 그리고 이 공장이 반드시 있어야만 제대로 된 출판을 할 수 있다.

책을 만드는 일반적인 프로세스는 다음과 같다.

① 출판 기획 → ② 원고 작성 → ③ 원고 편집 →
④ 책 디자인 → ⑤ 원고 교정 → ⑥ 최종 데이터 완성 →
⑦ 인쇄 제작 → ⑧ 책 완성

이 프로세스를 반복해서 돌릴 수 있어야 책이 나오고 그 책을 팔아서 수익이 나야 자금이 회전한다.

처음에 출판을 시작했을 때는 이 책공장을 구축하지 못해서 자비출판을 전문으로 하는 출판사에서 세나북스의 책을 출간했다. 팔린 책만큼 인세를 받았다. 이러한 선택을 했던 이유는 출판을 전혀 모르는 상태에서 기획에서 편집, 디자인, 제작까지 다 해낼 엄두가 나지 않았고, 자금도 아끼기 위해서였다. 그렇게 10권 정도 출간하면서 나는 기획과 편집에만 집중하고, 인디자인 공부 등 출판에 필요한 기술을 열심히 익혀나갔다.

그리고 2017년, 드디어 나만의 책공장을 세웠다. 모든 공정을 직접 진행하게 된 것이다. 이 책 만드는 프로세스는 제조업에서 공장을 돌려 물건을 만드는 모습과 매우 유사하다. 그리고 실제로 인쇄라는 제조 공정도 존재한다. 이 일련의 작업 프로세스에는 책공장이라는 말이 어울린다. 그리고 이 책공장이 멈추지 않고 원활하게 잘 돌아가게 되는 순간, 출판으로 먹고살 수 있게 된다. 그래서 나는 출판은 제조업이라는 다소 재미있는 주장을 하는 것이다.

워라밸이라는 말이 몇 년 전부터 유행이다. 일을 통한 성취감도 중요하지만 여유 있는 삶도 중요하다. 특히 나처럼 아이가 셋이나 있는 워킹맘에게 자유롭게 시간을 쓸 수 있는 1인 출판사는, 워라밸에서는 최고의 일터라고 할 수 있다.

지금은 두 아이가 대학생, 고등학생이라 사실 아이에게 쓰는 시간은 거의 없다. 셋째 아이는 아직 초등학생이라 조금 손을 타지만 남편과 함께 아이를 돌보니 사실상 지금의 나는 육아에서 거의 해방인 상태다. 출판을 처음 시작했던 10년 전에는 아이들이 어리고 2017년에 셋째가 태어났으니 10년간 아이와 출판사를 같이 키웠다고 해도 과언이 아니다. 셋째는 네 살이 되어 어린이집을 다녔으니 만 3년은 아이를 집에서 키우면서 일했다. 두 살 아이를 업고 서점에 나가 신간이 매대에 깔렸나 봤던 기억이 엊그제 일처럼 생생하다.

처음 출판을 시작했을 때는 출판 지식이 없어서 고생했다. 그동안 쌓은 종수도 많지 않으니 고정 수입도 적었다.

145

아이들도 어리니 잠을 줄여가며 일하고 아이들을 돌보고 집안일도 했다. 하지만 지나고 보니 그렇게 열심히 살아온 내게 고마울 따름이다. 그 시간에 아무런 노력도 하지 않고 당장의 편안함만 생각했다면 지금의 나는 어떤 모습일까.

가끔 주변의 워킹맘들이 회사를 그만두는 모습을 보면 마음이 좋지 않다. 대부분은 육아 때문에 그만둔다. "그래요, 잘 생각했어요, 아이들이 조금 크면 다시 일을 해도 될 거예요"라고 말해 주지만 앞일이 어떻게 될지는 모를 일이다. 좋아하는 일이 있다면 작게라도 사업을 하라고, 아이 돌보면서 천천히라도 시작하라고 하고 싶지만 솔직히 1인 기업도 사업이기에 쉽다고는 말할 수 없다.

1인 출판사 어때요? 1인 출판사를 하려는 분들을 만나면 항상 강조하는 몇 가지가 있다. 준비를 많이 하고 시작하셨으면 좋겠다는 것과 생각보다 자금이 많이 드니 자금 운용을 철저하게 했으면 좋겠다는 것, 이 두 가지다. 물론 외주 직원을 쓰면서 베스트셀러를 뽑는, 그렇게 굴러가는 1인 출판사도 어딘가엔 존재할 것이다.

1인 출판이 가능한 여러 이유가 있지만 그중에서도 외주를 줄 수 있다는 점은 가장 큰 장점이다. 편집은 외주 편집자에게, 디자인은 외주 디자이너에게 맡길 수 있다. 대표인 내가 편집이나 디자인을 좀 못해도 기획력이 있으면 사업은 얼마든지 가능하다. 그리고 이렇게 팀을 구성해 책을 팔아서 이 외주 조력자들에게 비용을 정당하게 잘 지급하고도 수익이 난다면 못 할 것이 없고 어찌 보면 동시에 여러 개의 책을 진행할 수 있으니 가장 이상적인 1인 출판사 운영 방식이라고 할 수 있다. 출판사 대표는 마치 배의 선장처럼 사람들 사이에서 조정자와 리더 역할을 하며 책 출간이라는 하나의 프로젝트를 순조롭게 이끌면 된다.

하지만 내가 지금 운영하는 방식은 그와 조금 다르다. 외주 편집자나 외주 디자이너는 분명 나보다 실력이 좋고 더 고급스러운 결과물을 만들어줄 수 있다. 하지만 비용면에서 부담스러워서 대부분의 작업은 혼자 다 하고 있다. 어찌 보면 진정한(?) 1인 출판사라고 할 수 있다. 비용도 절감되지만 어떤 일을 할 때 관여하는 사람이 많을수록 복잡계가 형성되어 일의 진행 속도가 현저히 더뎌지는 경우도 있다. 갈등 상황도 생긴다. 하지만 세나북스는 혼자서 다 하다보니 스케줄 관리에 강점이 있다. 지금은 예전보다 종수가 늘어서 힘들게 빨리 일을 진행하지는 않지만 마음만 먹으면 (대신 몸이 축나지만) 엄청난 속도로 일을 진행할 수도 있다. 최근에도 석 달 연속 신간을 출간하기도 했다. 그나마 나와 작가님 둘이 일을 하니 이런 속도가 가능했다고 생각한다.

147

이렇게 일하다 보니 큰 비용은 제작비와 인세 정도다. 앞으로도 이런 방식으로 회사를 운영하며 때때로 필요에 따라 외주 편집자나 외주 디자이너의 도움을 조금 받으며 일하려고 한다. 어찌 보면 이것이 10년간 출판사를 운영할 수 있었던 노하우일지도 모른다. 물론 이 방법은 나에게만 잘 맞는 방식이니 각자 자신의 운영 방식을 고민해 봐야 한다.

출판사 색깔을 가진다는 것의 아이러니

처음에는 출판사의 색깔을 생각할 수도 없었다. 닥치는 대로 원고가 생기면 만들고 자작출판도 진행했다. 지인이 책을 내달라고 하면 만들어주기도 했다. 지금은 자비출판은 하지 않고 기획 출판이나 투고된 원고가 마음에 들면 진행하고 있다. 사실 이 업계에서는 살아남아야 함이 가장 중요하기에 자비출판도 가능하다면 할 수 있다고 생각한다. 단지 지금은 자비출판을 하지 않아도 원고가 충분히 있고 내가 내고 싶은 책을 낼 수 있는 조금의 여유가 그때보다 더 생겼을 뿐이다. 소설도 내고 육아서도 내고 닥치는 대로 내다가 점점 시간이 흐르면서 내가 좋아하고 관심 있는 분야로 세나북스의 구성이 갖추어졌다.

일본 문화와 일본어 공부에 관한 책이 많고 프리랜서 번역가와 글쓰기에 관한 책도 세나북스의 주요 관심사다.

특히 '일본에서 한 달 살기 시리즈'는 현재 6권이 나와서 일본 문화나 일본 여행에 관심 있는 독자님들께 사랑받고 있다(고 생각하고 싶다). 이 시리즈는 우연히 시작되었는데 얼마 전에는 시리즈 1편인 『다카마쓰를 만나러 갑니다』의 개정판을 내기도 했다. 이 책은 2019년 1월에 초판이 나왔는데 2019년은 세나북스에게 잊을 수 없는 해다. 이야기가 갑자기 전환되긴 하지만 이 책의 개정판이 나오게 된 이유와 지금 하려는 이야기에는 밀접한 관계가 있다.

2019년 초의 나, 지금처럼만 하면 출판으로 먹고살 수 있겠다는 다소 안일한(?) 생각을 하고 있었다. 2015년부터 시작해서 2017년에는 책공장을 풀가동했으니 본격적으로 일을 시작한 지 3년 만이었다. 『다카마쓰를 만나러 갑니다』는 마침 시작된 일본 소도시 여행 붐과 저가 항공사의 연이은 일본 신규 취항 소식 덕에 주문이 매일 들어왔다. 당시 일본 여행의 인기는 정점을 찍고 있었다. 어찌 보면 운이 좋게도 나의 취향과 대중의 관심사가 일치한 시기였다.

2018년에 출간한 『일본에서 일하며 산다는 것』도 1쇄가 다 나가고 2쇄를 막 찍은 상황이었다. 마침 정부에서도 국내의 취업난을 해결하려고 일본이나 동남아시아 등의 해외 취업을 적극 장려하고 지원금도 주고 있었다. 외교부 서포터즈와 책과 관련한 인터뷰도 했다. 2019년 6월에는 『일본에서 한 달을 산다는 것』이 출간되어서 순항 중이었다. 그런데 생각지도 못한 변수가 이 시기에 생겼다.

바로 'NO JAPAN' 운동이었다. 국제 정세의 소용돌이에 작은 나의 회사는 한 방에 훅 갈 수도 있다는 교훈을 이때 뼈를 맞으며 알게 되었다. 한 달에 300권씩 나가던 신간은 그다음 달에 10권도 나가지 않았다. 2천 부나 찍은 재쇄는 창고에 그냥 쌓여갔다. 언제는 일본에 취업하라고 하더니 이게 무슨 일이지? 일본에 있는 지인들도 한국과 일본의 관계 악화에 한국 사람들의 일본 취업이 어려워, 고생한다고 하소연을 해왔다. 하루아침에 이렇게 상황이 바뀌다니!

이때 심각하게 '계속 출판해도 되는 건가?' 하는 고민을 했다. 하지만 어쩔 수 없었다. 가던 길을 계속 가야 했다. 물러설 곳이 없었기에.

문제는 NO JAPAN만이 아니었다. 당시 1년에 3~4권의 책을 내고 있었는데 나오는 종수가 너무 적었다. 종수를 늘리고, 일본 콘텐츠에만 집중하면 안 된다는 생각이 들었다. 2019년 말에 세운 전략 또 한 가지는 가능한한 한 달에 한 권씩 내보자는 것이었다. 매달 책을 내면 자금이 회전하게 되니 이 어려움을 극복할 수 있을 거라는 계산이 들었다. 물론 매달 신간을 내는 것은 달성하지 못했지만, 2020년에 8종의 책을 낼 수 있었고 이때 낸 책 중 여러 권이 아직도 잘 나가는 스테디셀러가 되어주었다.

2019년에 한 번 주저앉은 회사를 다시 끌어올리는 데는 2년 이상의 시간이 필요했다. 그리고 2020년에는 코로나19가 기다리고 있었다. 그나마 2019년의 위기를 벗어나는 데 도움이 된 것은 일본 문화 책뿐만 아니라 다른 성격을 지닌 분야의 책들이었다. 특히 NO JAPAN 상황에서도 일본어 관련 수험서는 변함없이 잘 나가서 나로서는 이 사실이 무척 의아했다. 주변에 물어보니 "일본어 공부하던 사람이 NO JAPAN이 시작되었다 한들 그 공부를 그만두겠냐?"라는 현실적인 답을 주어 많은 깨달음을 얻었다.

출판사에 실용서가 꼭 있어야 한다는 것, 그리고 한 분야의 책만 낼 것이 아니라 서너 가지 분야의 책을 내는 편이 좋겠다는 인사이트를, 위기를 겪으며 얻었다. 예를 들어 우리나라는 중국과도 수년째 사이가 좋지 않은데 만약 중국 관련 책만 내는 출판사가 있다면 분명 큰 타격이 있었을 것이다.

2021년에 8종의 책을 냈고 1년에 7~8종 정도의 책을 내는 패턴을 유지 중이다. 다행히 2022년부터는 NO JAPAN의 악몽을 잊을 만큼 그전보다는 회사가 안정적으로 운영되고 있다. 그래도 출판 인생 초반에 이런 고생을 해서 다행이라는 생각도 든다. 많은 고민을 했지만 배운 것도 많았고, 이시기가 없었다면 어쩌면 나는 자만해져서 더 큰 사고를 쳤을지도 모르겠다.

몇 년이 흘러 일본 엔화가 저렴해지고 일본 여행을 많이 가는 시대(?)가 다시 돌아왔다. 그동안 안 나가던 일본 에세이들이 나가기 시작하고 창고에 쌓였던 『다카마쓰를 만나러 갑니다』가 역주행을 하더니 1쇄가 다 소진되었다. 그래서 개정판으로 재쇄까지 찍게 되었다.

이런 날이 올 거라고, 2019년에 상상이나 했을까? 세나북스가 계속 버티지 않았다면 이런 좋은 기회를 맞이할 수 없었을 것이다. 기쁘기도 하고 기분이 묘하기도 하다.

책을 만든다는 것의 의미

출판을 하면서 가장 마음에 드는 건 내가 만든 책을 평가하는 사람이 한 회사나 작은 집단이 아니라 이 책을 읽을 수 있는 모든 사람들이라는 사실이다. 이게 무슨 말인가 하면 회사를 다니면 승진도 하고 고과 점수도 받아야 하니 나를 평가하는 사람이 사내에 존재하는데 그 평가가 합리적이고 정당하다는 보장이 없다. 하지만 내가 내는 책은 그보다 더 냉정할지라도 다른 책들과 같은 조건에서 평가를 받는다.

전 국민이 내 책을 평가해 준다. 좀 더 포장하면 내가 내는 책은, 나의 비즈니스는, 한글을 읽을 수 있는 모든 사람을 대상으로 한다(정말로 멋진 일이 아닌가요?). 그래서 세나북스 책이 잘 팔리고 사람들에게 칭찬을 받으면 그 기분은 말로 표현할 수 없을 정도다.

이것이 내가 출판을 좋아하는 이유다. 어떤 연줄이나 비상식적인 제한 없이 작가님과 내가 만든 책을 세상에 내놓을 수 있다. 문제는 오로지 우리의 실력과 노력의 부족뿐이다. 그래서 하루하루가 더 소중하고 책 만드는 일이 즐겁다. 이 일을 하며 조금 아쉬운 부분은 (내) 책을 만드느라 (다른) 책을 읽지 못하는(그래서 더 능력을 키우지 못하는) 것이다.

책은 분명 다른 상품, 예를 들면 가전제품이나 비누 같은 공산품과는 다르다. 사실 아이디어나 고민이 들어가지 않은 상품은 없다. 화장품 하나도 얼마나 많은 사람들이 관여해서 만들어내는 상품인가. 그릇 하나에도 가치를 담아서 판다고 홍보한다. 그런데 잘 홍보하지 않으면 소비자가 어떤 제품의 가치나 그 안에 담긴 철학을 속속들이 알기가 힘들다. 잘 팔리는 상품은 입소문을 타는 경우가 많다.

책은 어떨까? 책은 참 독특한 상품이다. 대놓고 몇백 페이지에 걸쳐서 이야기를 해준다. 책의 콘셉트는 몇 줄로 요약되지만 다 읽어야만 그 책의 진정한 가치를 알게 된다. 책을 잘 만들고 누군가가 다 읽어만 준다면, 그리고 그 책의 가치를 알아봐 준다면 책은 이 세상에서 가장 팔기 쉬운 상품인지도 모르겠다.

내가 출판과 관련해 상을 받을 일은 아마 없겠지만 수상 소감(도대체 무슨 상?)을 말하라고 하면 이렇게 하고 싶다.

"좋은 원고를 주신 저희 작가님들과 (눈물 글썽) 항상 격려해 주고 아낌없는 도움을 준

출판 동료들에게 이 영광을 바칩니다.

이분들이 오늘의 저를 만들어주셨습니다."

상황은 설정이지만 진심으로 작가님들께 감사드린다. 이름도 없는 1인 출판사에 선뜻 귀한 원고를 주시고 책이 안 팔리면 오히려 미안하다고 말씀하시는 분도 계신다(아니 그게 왜 작가님 때문입니까. 제가 잘 못 팔아서죠). 그리고 최근에는 1인 출판사 대표 몇 분과 교류하며 이런저런 큰 도움을 받고 있다. 그동안 너무 외로웠는지 이분들의 존재는 한겨울 밤 따뜻한 온돌 아랫목에서 엄마 품에 안겨 있는 듯한 포근함과 마음의 평화를 준다(엄마! 미안해요). 주변 동료들의 도움과 책 만드는 일 자체의 즐거움에 취해 오늘도 난 신나게 책을 기획하고 만드는 중이다.

1인 출판을 하려는 분들께

어디서 들었는지 기억은 안 나지만 "목표가 있으면 길에 떨어져 굴러다니는 전단지도 도움이 된다"라는 말이 있다. 1인 출판을 하려고 마음을 먹었다면 일단 이 일에 완전히 올인해야 한다. 가끔 부업으로 출판이 가능하냐는 질문을 받기도 하는데 그건 어렵다고 생각한다. 그리고 어떤 분야를 출간해야 할지 모르겠다는 질문도 많이 받는데 자신이 관심이 가는 분야가 가장 좋다.

　일본의 스타 편집자 미노와 고스케는 자신의 책 『미치지 않고서야』에서 "나답게 살면 콘텐츠도 따라온다"라고 말했다. 출판사에 다니는 편집자의 말을 들어 보니 가끔은 내가 좋아하지 않는 분야의 책도 내야 한다고 한다. 하지만 1인 출판사고 내 회사면 내가 내고 싶은 분야의 책을 언제든 낼 수 있다. 그런 책을 만들어야 일이 즐겁지 않을까? 그리고 1인 출판사를 창업하기 전에 정해도 좋지만 운영을 하다 보면 출판사의 철학은 자연스럽게 생기게 될 것이다.

　세나북스의 출판 철학은 '세상에 필요한 책을 만들고 작가와 함께 성장하는 출판사가 된다'이다. 오늘도 이 말을 되새기며 일한다. 책상 앞에 앉아서, 또는 영업차 들른 서점의 서가를 거닐며 나는 또 이런 생각을 하겠지.

　'출판사 하길 정말 잘했다.'

대책 없이 저질렀지만, 계속해 보겠습니다

박지예

봄날의곰

박
지
예

봄날의곰 출판사 대표. 번역가이자 편집자, 때로는 마케터.
2008년 8월, 20대 끝자락에 편집자가 되었다. 책밖에 모르고
살았지만, 출판사를 차릴 줄 꿈에도 몰랐다. 매 순간 광야를
헤매는 기분 속에서도 어린이책을 만드는 일은 대체로
신나고 재밌다. 좋아하는 이 일을 지치지 않고 오래오래
할 수 있는 방법을 궁리 중이다.

2022년 9월에 출판사 등록을 했으니, 봄날의곰은 이제 겨우 2년 된 신생 출판사다. 사실 이 책을 함께 쓴 다른 대표님들에 비하면 봄날의곰이 쌓은 경험치가 한없이 작아 보여서 처음 원고 제안을 받았을 때 사양할까, 고민도 했다. 하지만 덥석 받아들였다. 1인 출판 선배들의 모임에 이 책을 빌미로 끼고 싶은 욕망이 스멀스멀 올라왔고, 무엇보다 하고 싶은 말이 턱까지 차올라 있던 때라서 같이 하고 싶었다. 인스타그램에 간간이 올리는 1인 출판 다이어리로는 성에 차지 않았다. 내가 하는 일을 다 떠벌리고 싶은데 막상 토로할 상대가 없었다. 맨땅에 헤딩하면서 혼자 오롯이 모든 걸 감당하는 1인 출판사의 징징거림을 들어줄 업계 지인도 많지 않았다. 공감해 주고 맞장구쳐 줄 내 편에 대한 갈망, 연대감에 매우 목말

라하던 때였다. 그도 그럴 것이 오랜 경력 단절의 시간을 보내며 출판계를 등지고 있었기에 당시 출판사 인맥도, 작가 인맥도 모두 리셋된 상태였다. 1인 출판하는 선배들의 창업 스토리를 보면 재직 시절 친분을 쌓은 작가에게 원고 청탁을 하며 순탄하게 시작하곤 하던데, 나는 분야도 달라졌거니와 번역이 1순위라서 접근부터 달랐다.

그래도 궁금한 게 생길 때마다 물어볼 수 있는 선배가 있다는 건 큰 행운이었다. 당시 외주 편집 일을 하고 있던 D 출판사 대표님과 예전 회사의 같은 팀에서 근무했던 N 출판사 대표님, 두 분에게 창업 초창기에 하루에도 몇 번씩 아주 소소한 것까지 물어봤는데 언제나 시원한 답변과 함께 진심 어린 조언을 아끼지 않으셨다. 아무리 친한 후배라고 해도 투명하게 오픈하기 꺼려질 서점 공급률부터 선인세 오퍼 금액, 외주 디자인 비용, 인쇄소 견적 비교까지, 무엇이든 물어보면 함께 깊이 고민해 주고 명쾌한 답을 주셨다. 언젠가 나도 누군가에게 창업 전반에 관한 이야기를 들려줄 기회가 온다면 시시콜콜 다 알려주리라, 다짐하게 된 것도 두 분의 영향 때문이다.

물론 10년 차, 20년 차 정도는 돼야 진정한 노하우를 전수할 수 있겠지만, 2년 차이기에 얘기할 수 있는 부분도 있다고 생각한다. 초반에 겪었던 다양한 시행착오와 몸으로 직접 부딪치며 깨달은 경험들이 아직 생생히 살아 있으니 말이다. 어찌 보면 하소연이고 한풀이 같을 이 글이 어린이책 출판사를 준비하거나 막연히 1인 출판을 꿈꾸는 누군가에게 눈곱만한 자극이라도 줄 수 있다면 더는 바랄 게 없겠다.

왜 어린이책 출판사였을까

출판사를 차리고 사람들을 만나게 되면 자주 들었던 말이 있다. "와, 정말 대단해요." 겁도 없이 사업에 뛰어든 초보 대표에게 무조건적인 지지를 보내는 사람들의 응원의 말이다. "아, (잠깐의 탄식 후) 힘든 길로 들어오셨군요." 출판업계 선배들의 동지애가 섞인 우려의 말이다. "요즘은 책도 많이 안 보고, 아이도 잘 안 낳는데, 어떻게 어린이책 출판사 할 생각을 했어

요?" 출판(특히 어린이책 출판)의 미래를 걱정하는 사람들의 이 물음은 '그걸로 밥은 먹고 살겠어요?'로 해석해도 무방한 연민의 말이다.

　　나는 왜 하필 독서율과 출산율이 바닥을 치고 있는 이 시점에 어린이책 출판사를 차린 걸까. 이유는 너무나 간단했다. "너무 하고 싶었다!" 좋아하는 일을 계속할 수 있는 가장 확실한 방법을 알아버렸는데 가만 있을 수 없었다. 당시는 프리랜서 편집자의 삶에, 허탈감이 조금씩 번질 무렵이었다. 내가 좋아하는 분야, 선호하는 작업과 무관하게 의뢰

받은 원고를 책으로 만드는 과정이 백 퍼센트 재미있고 의미 있는 일이라고 말하기 애매했다. 편집이라는 일 자체를 좋아하는 건 확실하지만, 더 흥이 나서 신나게 할 수 있는 방법을 찾고 있었다. 아무리 봐도 편집은 나의 천직 같은데 어떻게 하면 지치지 않고 오래오래 계속할 수 있을까 생각했다. 고민 끝에 찾은 해답은 '내가 만들고 싶은 책을, 내가 내자'였다. 그때는 그림책의 매력에 푹 빠져 지내던 시기였기에 성인 단행본만 편집하던 내가 그림책을 만든다는 상상만으로도 흥분을 감출 수 없었다. 그래서 당장 움직였다. 출판사 이름을 정하고 구청에 가서 출판사 등록을 하고, 세무서에 가서 사업자 등록까지 일사천리로 진행했다.

봄날의곰 이쯤에서 출판사 이름에 관한 이야기를 풀어보려고 한다. "왜 봄날의곰이에요?"라는 질문을 종종 듣는다. '곰'이 들어간 출판사가 많고, '봄'으로 시작하는 출판사도 많아서 헷갈린다는 이야기도 들었다. 출판사 이름을 지을 때 그래서, 고민이 많았다. 하지만 결국 봄날의곰이어야만 했다. 20년 넘게 지켜온 자타공인 하루키 키즈의 로망을 반드시 실현하고 싶었다.

봄날의곰은 무라카미 하루키의 첫 장편소설 『상실의 시대』에 나오는 대화에서 따온 이름이다. 와타나베(남자주인

162

공)가 미도리에게 좋아한다고 고백을 하자 얼만큼 좋아하냐고 묻고, 와타나베는 이렇게 대답한다. "봄날의 곰만큼." 무슨 뜻이냐고 묻는 미도리에게 와타나베는 설명한다. 봄날의 들판에서 벨벳 같은 털을 가진 아기 곰이 클로버가 무성한 언덕을 데굴데굴 구르며 온종일 노는 상상을 해보라고, 정말 멋지지 않냐고, 그만큼 네가 좋다고…. 상상만으로도 포근해지고 기분 좋아지는 이름, 봄날의곰을 어린이책 출판사 이름으로 정하는 데는 이렇게 강력한 필연이 작용했다. 아직도 이메일 인사말에 '봄날의곰입니다'라고 쓸 때면 살짝 설레곤 한다.

저지름의 미학

사업계획서라든가 초기 사업자금이라든가 그런 거대한 플랜은 안중에도 없었다. 일단 저질렀다. 언제나 인생의 중요한 결정을 해야 할 시기가 되면 앞뒤 안 가리고 달려드는 편이었는데, 지금까지 큰 후회 없이 살고 있는 걸 보면 저지르고 수습하는 일련의 과정이 삶 그 자체였던 것 같다. 대학 졸업 후 공기업 취업을 준비하다 돌연 코이카 단원으로 우즈베키스탄에 가게 된 것도, 다녀와서 취업 방향을 바꿔 출판사에 들어간 것도, 잘 다니던 회사를 그만두고 아이 키우는 데만 전념한 것도, 둘째가 여섯 살이 되었을 때 다시 외주 편집 일을 시작하며 어린이책

163

번역 수업을 들은 것도, 내가 번역한 책을 직접 내겠다며 1인 출판사를 차린 것도, 모두 저지름의 짜릿함을 참지 못하는 나라는 사람의 일관된 삶의 방식이었던 것 같다.

그런 나를 보면서 무턱대고 저지르기만 하냐며 한 번 더 생각해 볼 것을 늘 권하던 엄마, 이번엔 웬일인지 아무 말씀 없이 친정으로 날 호출하셨다. 그리고 사업자금에 쓰라며 1천만 원을 꺼내주셨다. 괜찮다고 손사래 치는 나에게 엄마는 "유산에서 미리 조금 빼서 주는 거야. 사업자금 모자라면 언제든 말만 해"라고 하셨고 "엄마가 무슨 은행이야. 알아서 해볼게"라고 말은 했지만 두 손은 어느새 공손히, 봉투를 넙죽 받아 들고 있었다. 사실 그동안 몇 건의 외주 일을 하며 모은 고작 1천만 원 남짓한 돈으로 사업이 가당키나 할까, 뒤늦게 현실을 자각했던 터라 마다할 재간이 없었다. 그렇게 엄마가 주신 1천만 원과 몇 달간 새벽까지 영혼을 갈아 넣어 책을 편집하면서 번 1천만 원, 총 2천만 원으로 사업을 시작했다.

누가 들어도 깜짝 놀랄 적은 금액이라는 걸 당사자인 나만 왜 몰랐을까. 얼마 지나지 않아 사업자 통장은 바로 바닥을 드러냈다. 해외 그림책 3권을 계약하고, 국내 작가님께 계약금 지급하고 나니 첫 책의 제작비가 모자랐다. 하는 수 없이 우리 가족 생활비 통장에서 사업비를 야금야금 빼서 쓰는 지경이 되었다. 어쩌다가 아무 대책 없이 일을 벌여서 집안의 등골 브레이커가 된 걸까. 오랜만에 좋아서 일하는 모습이 보기 좋다며 얼마든지 말만 하라고, 듬직한 말을 해주는 남편에게 고맙고 미안해서라도 책이 잘 팔려주길 기도했다. 언젠가 베스트셀러 한 권 나오면, 혹은 대량 납품에 선정되면 이자까지 듬뿍 쳐서 통 크게 갚을 날이 곧 올 거야, 이번 책이 바로 그 주인공이겠지, 매번 신간을 낼 때마다 기대하고 또 간절히 기도했다.

출판 등록을 하고 첫해에는 외국 그림책을 한 권이라도 계약하는 게 목표였다. 당시에는 어린이책 번역 수업을 듣던 중이었는데, 내가 기획한 책을 빨리 내고 싶다는 생각에 매주 비장한 각오로 강의실에 들어서곤 했다. 그리고 밤마다 아마존을 들락거리며 마음만 먹으면 멋진 외서가 내 출판사의 책이 될 거라는 달콤한 꿈도 꿨다. 아직 발굴되지 않은 보석을 우연히 찾을 수 있을 거라는 희망도 잔뜩 품었었다. 인기 작가의 책은 이미 대형 출판사에 옵션이 걸려 있다는 걸 짐작도 하지 못한 아주 순진한 시절이었다. 첫 책부터 대박 나면 어떡하지, 여러 번 부푼 가슴을 안고 판권 문의를 했다가 반복되는 거절을 경험하며 깨달았다. 그림의 떡이 너무 많았다. 아

165

니, 웬만큼 마음에 드는 타이틀은 다 못 먹는 감이었다. 그래서 그때부터 아마존에서 무작정 원서를 찾는 대신 에이전시의 뉴스레터를 꼼꼼히 읽는 것으로 방향을 수정했다. 이중에 과연 내게로 올 책이 있을까, 봄날의곰만의 색깔을 보여줄 첫 책은 어떤 책이어야 할까, 뜨겁게 고민하며 2022년 가을을 보냈다. 마침 프랑크푸르트 도서전이 시작된 시점이어서 전 세계로부터 날아오는 방대한 양의 라이즈가이드 메일이 수십 개씩 쏟아졌고, 그걸 하나라도 놓칠세라 눈에 불을 켜고 검토했다.

그때 발굴한 보물들이 바로 『아주 특별한 마법의 막대기』와 『그레이엄 할아버지께』 그리고 『릴리와 숲의 비밀』이다.

질투는 나의 힘

네 번째 책부터는 국내 창작 그림책을 내기로 마음을 먹었다. 일주일에 한두 편씩 기획서를 썼다. 아침에 아이들이 학교에 갈 때 따라 나와서 도서관 어린이 자료실로 출근했다. 그림책을 더 많이 읽어보고 협업하고 싶은 작가를 찾기 위해서였다. 그런데 도서관에 들어서면 그때부터는 끓어오르는 부러움과 질투심을 억누르는 데 에너지를 소모해야만 했다. 이미 세상에는 훌륭하고 완벽한 멋진 그림책이 차고 넘쳤다. 정말 마음에 드는

책을 보면 그 작가를 먼저 모셔가 책을 낸 출판사가 미워졌고, 판권면의 중쇄 숫자를 보면 부럽다 못해 배가 아프기까지 했다. 이런 원초적 감정에 기시감이 들었던 건 출판사에 처음 입사했던 2008년에 느꼈던 감정들과 많이 닮아 있어서였다. 그때나 지금이나 잘하고 싶은 마음이 내 능력치를 저만치 앞서가서 나를 괴롭히는구나, 사람 참 안 변하는구나, 싶었다.

이제 막 어린이책 기획을 시작했을 뿐인데 처음부터 잘하는 건 반칙 아닌가. 오래오래 즐겁게 이 일을 하려면 힘을 많이 빼자고 그렇게 나를 다독였다.

그림책을 기획하면서 큰 도움을 받은 건 책모임이다. 출판사를 시작하기 전 2022년 봄부터 꾸려 온 아이들과의 책모임이 어느덧 3년 차에 접어들고 있는데, 처음에 유치원생, 초3이던 친구들이 이제 초2, 초5가 되었다. 책을 읽어주다 보면 아이들의 생생한 반응을 통해 어린이를 사로잡는 이야기와 그렇지 않은 이야기, 좋아하는 그림체와 관심 없는 그림에 대한 힌트를 얻을 수 있었다. 첫 국내 그림책을 기획할 즈음 책모임에서 가장 반응이 뜨거웠던 책이 전래동화라서 자연스럽게 옛이야기에 주목하게 되었다. 그렇게 탄생한 책이 봄날의곰 네 번째 책 『토끼의 재판』이다.

아직 책이 나오지 않은 상태라 출판사의 존재 자체를 증명하기 힘들었던 1월 초, 용감하게 글 작가님께 먼저 원고를 부탁드렸다. 다행히도 작가님은 출판사의 규모보다는 기획 의도를 눈여겨 보고 흔쾌히 승낙해 주셨다. 이어서 그림이 입혀질 차례인데 생각보다 녹록지 않은 여정이 이어졌다. 하지만 결과적으로 오랜 팬심이 빛을 발해 원했던 최적의 그림을 만날 수 있었다. 한 권의 창작 그림책이 만들어지기까지 기획과 섭외, 장면 연출, 글과 그림의 배치, 면지와 표지 구성까지 모든 과정에 참여해 공들여 만든 책이 나왔을 때는 번역 그림책과는 비교할 수 없는 깊은 감동과 뿌듯함이 밀려왔다. 이 맛에 기획을 하지, 내가 좋아하는 게 바로 이거지, 싶었다.

　　책을 만드는 일은 수많은 선택지 앞에서 매 순간 정답이 없는 문제를 마주하는 과정의 연속이다. 하지만 결국은 나의 선택이 옳았음을 확인하는 강한 보상이 주어지기에, 도파민 중독처럼 이 일에 빠져드는 게 아닌가 싶다

하루의 시작　　평일 아침 팩스와 메일, 카톡과 문자까지 모든 방법을 동원해 알라딘, 교보, 예스24 발주 알림이 온다. 잠시 간격을 두고 9시 30~50분 사이 날아오는 경쾌한 문자 소리. 북센 발주다. 오로지 문자로만 온다. 그런데 하필이면 한살림 문자도 비슷한 시간대에 울린다.

　　'기쁘다 발주 오셨네!'

신나서 핸드폰을 열었다가 산지 직송 문어, 꽃사슴 녹용 행사 정보를 보면 실망을 감출 수 없다. 그래, 다 먹고 살자고

169

하는 일인데 좋은 거 먹고 오래 일하자! 문자 소리에 일희일
비하지 말고 정신 승리하자, 다짐하지만 허탈한 마음은 보양
식으로도 달래지질 않는다.

　　언젠가 아이들에게 물은 적이 있었다. 엄마가 언제 제
일 행복해 보이냐고. 가족이랑 여행 갈 때, 맛있는 음식을 먹
을 때, 책 읽을 때 중 하나를 답하겠지, 라는 나의 예상은 완
벽히 빗나갔다. 두 아이가 이구동성으로 외쳤다.

　　"서점에서 주문 많이 들어왔을 때!"

하긴 어쩌다 50권, 100권 매절 주문이라도 들어오는 날이면
아침 식탁에서 나의 목소리 톤이 쭉쭉 올라간다는 걸 아이
들은 너무 잘 알고 있었다.

　　그러고 보니 발주에 관한 아찔한 기억이 떠오른다.
작년 여름휴가를 갔을 때 무슨 정신이었는지 아침 발주를
물류 시스템에 입력하지 않고 하루를 보낸 적이 있다. 낮 동
안은 아무 생각 없이 신나게 놀았고 그 어떤 이상도 감지하
지 못한 채 잠들었다. 그리고 새벽 3시, 갑자기 눈이 번쩍 뜨
였다. 맙소사! 발주!! 나의 무의식은 정신줄을 잡고 있었던
거다. 여름 비수기에 온 단비 같은 발주였는데 설마 그대로
사라지는 건 아닐까, 아침이 될 때까지 어지간히 마음을 졸

이며 자다 깨기를 반복했었다.

첫 1년 동안 그림책 5권과 동화책 1권, 총 6권을 출간
했다. 두 달에 1권은 내야 한다는 강박으로 주말, 낮
밤 없이 일을 했다. 징글징글한 완벽주의 성향으로
책을 만들고, 책이 나오면 어설픈 마케터가 되어 열
심히 서점과 서점 사이를 발로 뛰었다. 결과는 참담
했다. 6권 모두 당장 2쇄를 찍을 가망은커녕 물류 창
고에 추가 요금을 내며 보관하는 상황이었다. 출판
사업에 대해 제대로 알지도 못하고 뛰어든 결과인가, 현타가
아주 크게 왔다. 1쇄를 소진해야만 손익분기점을 넘기는데,
이렇다 할 번듯한 마케팅 방안이 없어서 불안했다.

게다가 두 번째로 맞은 최악의 겨울 비수기에 하필이
면 준비하던 그림책까지 계약이 파기되고, 야심차게 오퍼 넣
은 외서들은 모조리 실패하면서 좌절이 반복됐다. 그러던 중
오퍼 경쟁에서 떨어진 책이 떡하니 온라인 서점의 오늘의 책
에 선정이 되어서 우울감은 바닥을 쳤다. 조금 더 과감하게
선인세를 제시해 저 책이 봄날의곰 책이 됐으면 지금쯤 통장
잔고에 벌벌 떨지 않고 원 없이 다음 책들도 계약할 텐데, 라
며 하나마나 한 후회를 하고 있었다.

그런데 어느 순간, 생각의 회로를 바꿔보기로 했다.

171

'잠깐만, 내가 고른 책들이 나한테 오지는 못했지만 다 잘 됐잖아? 이쯤 되면 작품 보는 눈은 있다는 건데? 기획력은 인정받은 걸로 치고, 확신이 온다면 선인세 상한선을 무시하고 무리를 해서라도 작품을 확보해 볼까? 조금은 전투적으로 나가볼까?' 전략을 바꿔보기로 했다. 하지만 그 후 새로운 전략이 적용될 만큼 충분히 매력적인 타이틀은 만나지 못했다. 대신 국내 작가의 투고 원고 중에 엄청난 작품을 발견하는 행운이 연달아 찾아왔다. 외서가 안 풀리면 국내 창작이 끌어주고, 이번 책 진행이 더디면 다음 책을 앞으로 당기고, 지난겨울 겪은 침체기 이후 나는 언제 그랬냐는 듯 다시 원래 페이스를 회복하는 중이다.

1인 출판이 체질?

2년 남짓 1인 출판사를 꾸리며 개인적으로 많은 변화가 있었다. 그중 첫 번째로 눈에 띄는 것은 몸과 마음의 변화이다. 출판사에서 근무할 때와 프리랜서 편집자로 일할 때는 워낙 예민한 성격 탓에 소화불량, 편두통을 항상 달고 살았는데, 1인 출판을 하면서는 조금씩 느긋해졌던 걸까. 소화제, 두통약 먹는 횟수가 반 이하로 크게 줄었다. 그리고 오로지 아이에게만 집중됐던 시선이 여러 일로 분산된 덕분인지 아이와의 관계도 조금씩 좋아졌다. 사업 초창기만 해도 사람을 만나면 기가 빨리고 체력이 바닥나서 힘들었는데, 이젠 어느 정도 적응이 되어 외근 나가는 재미를 알아버렸다. 새로운 사람을 만나는 일에 대한 스트레스가 현저히 줄었다. 이제는 다양한 사람을 만나면서 좋은 자극을 흡수하는 시간이 기대되고 즐겁다.

1인 출판사를 하면 외롭고 소속감을 느끼긴 힘들겠다고 생각했는데, 적극적으로 나서기만 하면 더 많은 소속감을 누릴 기회가 열려 있다는 것도 알게 되었다. 그림책협회, 출판인회의, 각종 모임과 단체, 동네 책방, 도서관, 그림책 오픈 채팅방 참여 등 어디든 문을 두드리면 따뜻한 환대를 받을 수 있었다. 그리고 이렇게 1인 출판사 이야기를 풀어내게 된 일도 절대 잊지 못할 소중한 경험이다. 이 글을 쓰며 지난 2년을 돌아봤다. 열심히 달려온 나를 칭찬하고 부족했던 부분을 점검할 수 있는 특별한 시간이 되었음은 두말하면 잔소리다.

천천히 오래 계속 함께

학창 시절 나는 100미터 달리기보다 오래달리기를 좋아했다. 성인이 된 후에도 꾸준히 마라톤에 도전했는데 하프마라톤에 참여해서 여자부 3위를 기록하기도 했었다. 10년도 더 된 일이지만 하프를 뛰며 그저 멍하니 페이스 메이커 등에 달린 풍선만 보며 뛰던 기억이 생생하다. 1인 출판 역시 나의 페이스 메이커, 롤

모델 출판사 선배들을 따라 함께 달리면 얼마든지 지치지 않고 오래갈 수 있을 것 같다.

2년 안에 10종을 채우자는 목표로 시작했는데 어느새 여덟 번째 책을 마감하는 중이다. 올해 안에 1차 목표를 달성하면 다음은 100종을 목표로 달릴 것이다. "책은 더디더라도 세상을 바꿔나간다"고 믿는 출판계의 선한 사람들 틈에 섞여서 오래오래 천천히 달려갈 생각이다. 봄날의곰을 물려받겠다고 선언한 초등학생 5학년 첫째가 자라서 나의 자리를 넘볼 때까지 계속 이 자리를 지키고 싶다.

운동화를 신은 대표

서남희

더작업실

서
남
희

더 작업실 공동대표. 중고등 수학을 가르치던 강사,
외동딸을 학원 한 번 안 보내고 자기주도 학습으로 K대에
입학, 영국 C대학원에 입학시켰다. 어릴 때 꿈이었던
방송계에 마흔세 살에 입문, 다양한 방송 프로그램 제작
이사로 활동했다. 우연히 출판의 세계에 발을 담그게 되어
전국을 돌아다니며 책을 팔고 있다. X세대에서 어느덧
50대에 접어들어 이젠 기성세대라는 호칭을 듣지만
MZ세대 못지않은 열정과 패기로 오늘도 운동화를 신고
뛰어다니는 대표이자 마케터.

지난 시간을 돌이켜보니 딱히 잘난 것도 없고, 잘하는 것도 없었던 듯하다. 내 이력이 화려한 것도 아니니 말이다.

아이를 낳은 뒤 잘 기르고 싶은 마음에 내가 직접 창의 수학을 배워서 가르치던 것이 입소문이 나 방송을 탔다. 그렇게 자연스럽게 내 아이뿐 아니라 영어, 수학을 가르치는 선생님으로 살았다. 그러던 중, 내게 수학을 배우던 한 고등학생의 꿈이 연극영화학과 진학이라는 걸 알게 되었다. 적극적으로 그 진로에 도움을 주게 되면서 어릴 때부터 꿈인 방송계에 자연스레 입문을 했다. 그때 나이가 마흔셋! 무언가 도전하기엔 적지 않은 나이였다. 심지어 방송이 뭔지도 잘 모르던 때에 방송 제작사에 투자, 결과적으로 사기를 당하는 바람에 오래 하지도

177

못하고 접어야만 했다. 그러나 그 일을 계기로 유명한 예능 작가님을 만나게 되었고, 그분과 함께 중국 예능이 히트하던 2018년에 중국 예능 기획과 행사 등 방송 일을 시작했다. 벌써 10여 년 전의 일이다. 시간이 참 빠르게 흘러갔다. 그 후 예능작가를 주인공으로 하는 책을 기획, 1인 출판사를 소개받았다. 대형 출판사의 제의도 있었지만, 1인 출판사와 함께 잘 해보자는 생각으로 책을 만들어갔다.

『#예능작가』는 당시 활발하게 활동하고 있는 대한민국의 유명 예능작가 16명의 인터뷰 책이었다. 예능작가로서의 하루 일과, 프로그램을 기획하는 법이나 촬영장의 에피소드, 그리고 출연진들과의 관계나 출연자들의 성격 등등 다양한 궁금증을 해소할 만한 내용으로 기획을 했다.

자부심과 기대감으로 책 출간을 기다리던 중, 편집자의 손길이 전혀 느껴지지 않는 교정 원고를 받았다. 며칠 밤을 새우며 교정과 교열, 편집을 하기 시작했다. 한 번도 해보지 않은 편집을, 그것도 단 며칠 만에, 해내야 했다. 그렇게 책이 출간되었지만 아쉬움이 너무 많았다. 이럴 바엔 내가 스스로 기획해 책을 내면 어떨까 하는 생각이 들어 1인 출판사까지 만들었다. 그렇게 두 번째 책 지상렬, 김진태의 『술로 50년 솔로 50년』과 세 번째 책 『엄마라고 더 오래 부를걸 그랬어』를 차례로 출간했다.

1인 출판사를 하면서 가장 고민이 되었던 건 유통이었다. 사실 나는 마케팅을 공부해 본 적이 없었다. 남들처럼 마케팅 서포터즈 활동을 해본 것도 아니었고, 경영학이나 마케팅을 배운 적도 없었다. 그런 상황에서 단순히 마케터를 꿈꾸기엔 출판 시장이 너무나 어려웠다.

'SNS 마케팅을 해야 한다' '당장 인스타그램 마케팅을 시작해야 한다'고 해서 SNS마케팅 관련 책을 사서 별 도움도 되지 않는 페이스북 페이지 운영 방법을 하나하나 공부하기도 했고, 도서관에서 책을 빌려 읽기도 했다. 우선 마케팅이라는 직무는 분야가 다양해 규정을 짓기도 어려웠고 업종마다 마케팅 방식도 달랐다. 실무에 바로 적용할 수 있는 내용이라고 하지만 업계에서 산전수전 경험한 사람이 정리한 이야기가 많아서 나 같은 초보가 따라 할 방식은 별로 없어 보였다.

독자들에게 책을 알리기 위해 책 리뷰, 프로모션, 광고, 캠페인 등을 기획하고 실행하는 일들은 이미 많은 출판사들이 하고 있는 일이었다. 웹사이트, 소셜 미디어, 이메일 등의 온라인 채널을 통해 책을 홍보하거나 SNS 콘텐츠, 블로그 기고문, 이벤트 등을 통한 홍보 역시 뻔한 스토리였다. 막대한 광고비를 쏟아부어서 하는 대형 서점 광고는 1인 출판사로서 현실적으로 불가능했다. 그래서 선택한 것이 '발로 뛰는 마케팅'이었다. 오랜 경력을 가진 마케터는 아니지만 '함께 일하고 싶은 사람'이 된다면 승산이 있다고 생각했다.

맨 처음 한 일은 교보문고와 YES24 그리고 알라딘 등 대형 서점의 MD와 미팅하면서 우리 책을 소개하는 일이었다. 수많은 책 중에서 우리 책이 기억에 남을 수 있게 소개하는 일, 이것이 중요한 업무 중 하나였다. 매주 일주일에 한 번 정해진 시간에 미팅을 하고 만남을 지속했다. 다른 출판사에 비해 신간 출간이 잦은 편이 아니었기에 다른 책 이야기를 하기도 했다. 오늘 하루 일을 이야기하기도 하고 요즘 세상 돌아가는 이야기를 하기도 했다. 나를 생소하게 생각하는 MD도 있었지만, 의외로 편안하게 다가가는 나를 조금씩 기다리고 반겨주기 시작했다. 짧은 시간, 매일, 지속적인 만남으로 친분을 쌓았고, 신뢰를 얻기 시작하면서 개인적인 문자도 주고받을 정도로 친해졌다.

꼭 책 홍보 때문이 아니라 일이 있어 강남을 가면 강남 교보문고에 들려 에세이 MD와 차 한잔 같이 마시고, 서로의 안부나 일상적인 이야기도 하다 보니 만나면 기분 좋은 사이가 되었다. 이렇게 발로 뛰다 보니 담당 MD가 더작업실의 신간이 언제 나오는지 먼저 궁금해했다. 구간 관리와 홍보 방법 등 마케팅 관련 정보도 자연스럽게 나누게 되었다. 더작업실 책이 어떻게 진열되어 있는지 자주 사진도 찍어서 보내주는 등 정성스럽게 책을 살펴주는 든든한 파트너가 되었다.

　　남들이 다 하는 홍보 전략이나 기획 마케팅 방법은 따라 할 수도 없었고 따라가기도 싫었다. '발로 뛰는 마케팅'의 결과로, 출판사의 첫 책 『술로 50년 솔로 50년』은 교보문고 '작고 강한 출판사'에 선정되어 매대 광고를 무료로 할 수 있는 기회까지 얻게 되었다.

때와 장소를 가리지 않는 마케팅

그뿐 아니라 내 책을 알릴 수 있는 곳이라면 어디든 찾아다니면서 영업을 진행했다. 대형서점은 물론 중형서점, 동네서점 북카페, 전문서점, 대학 구내 서점, 도서관 내 서점 심지어 유명한 음식점 등 나의 마케팅은 때와 장소를 가리지 않았다. 어디서든 우리 책이 활짝 웃고 있으면 온갖 시름이 사라졌다.

지금부터는 내가 경험한 출판 마케터의 일을 자세히 적어보려고 한다. 물론 지극히 개인적인 경험을 바탕으로 작성한 글이고, 여전히 모르는 것이 더 많다.

　　① 온라인 마케팅

온라인 마케팅은 크게 SNS 콘텐츠 마케팅과 대형서점의 광고 집행으로 나눌 수 있다. SNS라고 하면 인스타그램, 페이스북, 유튜브, 네이버 블로그, 네이버 카페, 네이버 포스트, 네이버 밴드, 브런치, 카카오 뷰 등 여러 채널이 있는데 나 같은 경우 다양한 채널에 다른 콘텐츠를 올리는 것은 사실상 불가능했다. 몇 군데 채널에 비슷하거나 혹은 같은 콘텐츠를 올렸다. 물론, 어디에서 어떤 반응이 올지 모르는 일이기는 하지만, 혼자서 모든 것을 해나가야 하는 1인 출판사의 경우 다양한 채널의 접근은 쉽지 않았다.

② 오프라인 마케팅

신간이 나오면 제일 먼저 오프라인 서점 본사 MD에게 보도 자료를 메일로 보내 신간 등록을 요청한다. 그 후 각 서점을 돌며 MD와 미팅한다. 여기서 내가 보통의 마케터나 대형 출판사 마케터와 다르게 한 일 중 하나는 본사 MD와 매장 MD보다 책 정리를 하는 서점 알바생과 친해진 일이었다.

신간이 매대에 있는 시간은 길어야 1주일, 특히 에세이는 매달 몇만 권의 책이 쏟아져 나오기에 오래 매대에 있기가 힘들다. 물론 책의 반응이 좋고, 판매가 지속적으로 이루어진다고 판단되면 그 책은 몇 달 아니, 몇 년 후에도 광고비 없이 매대에 있을 수 있지만 현실은 그러기가 쉽지 않다. 그러기에 책 정리하는 분들과의 친분은 내게 매우 중요했다.

아침 일찍 교보문고에 도착하면 주머니에서 각종 영양제와 홍삼 꾸러미를 꺼내 건네기도 하고, 책 정리를 돕기도 한다. 그러고 나면 서가에 있는 내 책을 하루쯤 매대 밖에 꽂아두고 온다든지, 저 구석 어딘가에 있는 책들을 서가에 반듯하게 정리하고 올 수 있는 특혜가 주어지기도 했다.

오프라인 서점에서의 광고 집행은 주요 거래처인 대형 서점(교보문고, 영풍문고 등)에 집행한다. 그러나 막대한 금액을 지불해야 하기에 접근이 쉽지 않았다. 중앙 매대의 경우 같은 교보문고라도 지역에 따라 가격 차이가 크다. 광화문 교보문고의 경우 수십만 원에서 수백만 원까지 광고비는 천차만별이었다. 몇 번 집행을 해보긴 했지만, 광고비에 비해 그만한 효과는 보지 못했다.

광고를 하게 되면 POP, 슬림 라이트, 폼보드 등의 광고물은 출판사에서 따로 제작해야 한다(이것도 은근히 비용이 많이 든다). 오프라인 사은품 이벤트를 할 때도 있는데, 대부분 연결되어 있는 제작처가 있어서 담당 MD에게 협조를 구하기도 했었다.

③ 동네 책방과 독립 서점 마케팅

대형 서점의 마케팅보다 훨씬 효과가 있었던 게 동네책방이었다. 지역을 선정하고, 지역의 동네 서점을 검색한 후 하루

네다섯 군데, 많게는 일곱 군데까지 돌아다녔었다. 방문 시 제일 중요한 것은 홍보에 필요한 도서 자료이다. 도서를 매번 증정하게 되면 너무 많은 책이 증정본으로 나가게 되어 매출에 영향을 미칠 수 있기에, 간단한 도서 소개서를 만들어서 가지고 다녔다. 충분한 설명이 곁들여지고 현장에서 도서까지 소개하고 나면, 바로 책 구매로 이어지기도 했다. 한번이 아니라 여러 번 방문을 하니 이제는 친숙해져서 신간이 나오면 바로 입고를 시켜주는 서점도 생기기 시작했다.

마케팅에서 중요한 점은 타깃 설정이었다. 서점도 서점이거니와 북페어를 여러 군데 다니다 보니 어느 정도 '감'이 생겼다. 그리고 2년간 책을 팔면서 느낀 점은 책 홍보는 단기간에 집중해서 하는 것도 중요하지만, 긴 안목으로 끈기를 가지고 확장해 나가는 것이 더 중요하다는 것이다. 마케팅의 특성상 지름길은 없다. 하나하나 사람을 만나러 가고, 서점을 다니고, 발품을 팔아서 책을 알리는 일은 시간과 정성이 드는 일이다.

이제 1인 출판사의 대표이자 마케터의 하루를 살펴보자. 오전에 제일 먼저 하는 일은 서점에서 온 주문을 확인하는 일이다. 서점에서 출판사로의 주문은 전화, 팩스, SCM(Supply Chain Mangement) 이메일 등 다양한

방식으로 들어온다. 주문이 들어오면 물류에 발주를 넣게 되는데 보통은 오전 11시에서 12시 사이에 서점 발주 업무가 마감된다. 택배나 그 외 발주는 오후 4시까지이나 역시 물류마다 약간의 차이가 있다.

홍보팀이 따로 없는 1인 출판사이다 보니 페이스북이나 인스타그램, 카페, 블로그 등에 책 소개나 북토크 또는 신간 소식 등을 업로드도 해야 한다. 이렇게 오전 업무를 마치고 나면 오후에는 주로 동네서점을 방문한다. 대형서점의 오프라인 매장 및 인터넷서점을 방문해 담당 MD와 미팅을 하기도 한다. 출퇴근 시간이 따로 정해져 있지 않기에 자유롭게 일정을 조절할 수 있는 장점은 있다. 그러나 출판 마케터의 가장 큰 일은 결국 독자의 니즈를 읽어내 책에 반영하는 일이다.

현재의 출판시장은 마케팅이 더 중요한 시대다. 누구나 책을 쓰고 만들 수 있는 시대로 접어들었기 때문이다. 누구나 책을 쓰고 만들 수 있지만 누구나 책을 팔 수는 없을 것이다. 따라서 앞으로는 출판사의 마케팅 역량이 더 중요한 위치를 차지할 거라고 생각한다.

정답은 없다. 나에게 가장 잘 맞는 것이 정답이다. 마케팅 역시 출판사에서 의례 하는 마케팅 방법을 소개하는 책들이 무수히 많다. 하지만 여러 방법 중에서 자신에게 맞는 방법을 스스로 찾는 게 가장 중요하다. 누구나 할 수 있지만 아무나 할 수 없는 그 무언가를 찾아내는 것, 그것이 바로 포인트인 것 같다.

오롯이 내 것

여러 가지 마케팅 방법을 소개, 마케터로서 꼭 해야 하는 업무에 관해서 이야기를 해봤다. 누군가가 지금 1인 출판을 하겠다고 하면 뜯어말릴 사람이 여럿 있을 것이다. 그만큼 이곳은 호락호락하지 않은 시장이다. 그러나 방송 제작 이사로 재직하다가 출판을 하게 되면서부터, 그리고 남들이 가장 어렵다는 마케터 일을 하게 되면서 나는 더 큰 만족과 기대감, 그리고 행복감을 느끼고 있다. 그 이유는 이 일이 오롯이 '내 것'이기 때문이다. 내가 만든 내 책, 만들어 보지 않으면 그 희열을 느낄 수 없다. 그래서 어렵고 힘들다는 출판계에서 살아남기 위해 끊임없이 노력하고 연구하고, 그리고 실천하고 있다.

어느 분야든 쉬운 일은 없다. 누구에게는 쉬운 일이 또 누군가에게는 어렵듯이 출판도 마찬가지다. 그러나 어렵고 힘들게 만든 내 책을 독자들이 읽어주고 리뷰해 주고 찾아줄 때, 보람도 느끼고 성취감도 느끼며 자부심도 생긴다.

'출판계가 어렵다. 출판은 힘들다. 책이 안 팔린다' 하는 여러 말들이 난무하지만 얼마 전 있었던 2024 국제 도서

전에는 무려 15만 명의 독자가 다녀갔다. 정부 지원 없이 처음으로 개최된 행사에 나 역시 처음으로 다른 출판사를 도와주러 참여를 했었다. 그리고 5일 내내 수많은 인파에 놀라움을 금치 못했다. 많은 사람들이 캐리어를 끌고 다니며 책을 사는 광경도 목격했고, 대형 출판사의 부스보다 오히려 책마을 부스인 1인 출판사와 독립출판사의 책에 관심을 두고 방문하는 방문객이 무척 많았다. 또한 이 현상은 그저 방문에만 그치지 않고 구매로 이어졌다. 이른바 MZ세대라 불리는 20, 30대 여성 관람객이 유독 많았는데, 이들은 도서전 트랜드에 새로운 변화를 주고 있다.

누구보다 부지런히

아직도 부족하고 미숙하고 실수투성이지만, 책을 낼 때마다 몇 번이나 고민해, 지금 내가 할 수 있는 최선을 찾아 나선다. 1인 출판사 대표는 누구보다 더 부지런해야 하고 더 많은 생각과 실행을 해야 한다. 서점에 책이 배본되면 하루도 빠짐없이, 잘되면 되는 대로 안 되면 안 되는 대로 매장도 둘러봐야 한다. 물론 쉽지 않은 일이다. 누구에게도 기대지 말고 도와주지 않는다고 낙심하지도 말고, 도와주고 협업하는 곳을 찾아가라고 말해주고 싶다. 나만의 독특함과 개성으로 무장하고 내 방식대로 내가 하고 싶은 방향으로 나아가는 수밖에.

좋은 책을 열심히 만들고 배포하고 나면 운동화를 신고 뛰어보자. 내가 만든 책, 내가 마케팅 하고 있는 책이 베스트셀러 1위에 진열되어 있는 걸 보는 그날까지….

보통의 꿈이 아닌 특별한 꿈을 꾸어보자.

느린서재는 느리게 갈 수 있을까

최아영

느린서재

최
아
영

어린 시절부터 창작하는 사람이 되고 싶었으나,
일찌감치 재능 없음을 깨닫고 좋아하는 책을 만들기로 결심,
쭉 회사 인간으로 살았다. 편집자, 라는 단어를 스스로
꽤 좋아한다. 그러나 1인 출판사를 운영하게 될 거라고는
한 번도 상상해 본 적 없다. 느린서재이지만 빠르게 책을
만든다고 항상 놀림을 받는다. 지구가 허락하는 날까지,
책을 만들고 싶다.

무슨 이야기를 꺼내면 좋을지 오래 고민을 했다. 그동안 1인 출판사를 하면서 했던 모든 바보 같은 일들이 하나둘이 아니라서 고르고 고르다 보니, 자꾸만 글 쓰는 걸 미루게 되었다. 사실을 고백하자면, 스리슬쩍 '느린서재'의 이야기는 넣지 말까, 고민도 했다. 선배들의 원고가 다 모인 지금, 나는 제일 마지막으로 원고를 쓰는 중이다. 이래저래 시간을 벌어놓고, 선배들의 원고만으로도 할 이야기가 다 담겨 있으니 슬쩍 도망갈까 하다가, 훗날 듣게 될 비난이 두려워, 여기 멈추어서 마지막 챕터를 완성하는 중이다. 이미 여기까지 읽은 독자라면 알 것이다. 그렇게 힘들다면서, 그렇게 책이 안 팔린다면서, 그렇게 빚이 많다면서, 누가 시킨 것도 아닌데 왜 책을 만드느냐고 묻고 싶을 것이다. 아니, 단 한 사람이라도 도대체 좀

¶ 김영민 교수의 〈추석이란 무엇인가〉
칼럼 제목을 차용했다.

희망적이고 기쁜 이야기를 해주지 않을까, 하고 이 챕터까지 읽어온 당신이라면, 먼저 사과를 해야겠다. 여기서 꺼낼 이야기 역시 그리 무지개 빛은 아니다. 최대한 밝고 희망적인 이야기를 하고 싶은데, 성정이 그렇지 못해 거짓말을 하면 금방 티가 난다. 그래서 이번 챕터도 어쩌면 먹구름 혹은 고구마일지도 모르겠다.

원천세란 무엇인가   출판사를 차려놓고 계약한 저자분들에게 계약금 지불, 디자이너에게 디자인 비용 지급, 다양한 프리랜서들에게 비용을 지급했다. 어디서 들은 건 있어서 비용을 지급하며 원천세 명목으로 3.3%를 떼어놓았다. 그런데 너무 궁금했다. 도대체 내가 남겨둔 그 3.3%의 세금은 어디에, 어떻게, 언제 신고해야 하는 건지 말이다. 그동안 프리랜서 편집자로 일하며 자연스레 세금이 떼어진 돈을 받았고, 세금은 알아서 신고가 되어 있었다. 때가 되면 알아서 너무 많이 떼어갔다며 세금이 환급되어 들어왔다. 그렇게 떼어가는 대로 떼이고 주는 대로 받던 프리랜서 편집자에서 대표가 되고 난 후, 세금 항목은 제일 궁금한 항목이었다. 그렇게 6개월 동안 3.3%의 세금을 떼어서 모아두고 어디에도 신고를 하지 않았다. 언젠가 신고하면 되겠지, 라는 순수한(이 아니라 무지한) 마음을 가지고 말이다. 어디에 물어봐야 할지도 몰라서, 신나게 3.3% 세금을 남겨두기만 했다. 그렇게 도토리처럼 모아둔 세금이 눈덩이처럼 늘어나 거의 1백만 원을 향해가고 있었다. 슬슬 불안해지기 시작했다. 그러다가 어느 날 문득, 홈택스에서 '원천세'라는 항목을 발견했다. 그동안 숱하게 홈택스를 들락날락했으면서 왜 6개월이 되도록 이 항목을 발견하지 못했던 걸까. 일을 벌이기만 하고, 언젠가 하면 되지, 그런 해맑고(멍청한) 마음으로 열심히 책만 만들고 있었던 사람,이 나였다.

그렇다. 사람은 무식하면 용감해진다. 무식하면 무엇이든 할 수 있다(는 아니고 무식하면 고생한다).

원천세는 그 달에 신고를 안 하면 다음 달에는 가산세금을 더 붙여서 내야 하는 구조였다. 그럼 6개월이나 밀린나의 세금은 어찌 되는 걸가…. 아찔했다. 식은땀이 줄줄 흘렀다. 많이 벌지도 못했는데 가산세라니…. 오늘 당장 이 문제를 해결하지 않으면 안 되겠다는 생각이 들었다. 일단, 신고를 하긴 해야 하는데, 그동안 내가 지급한 비용들이 너무 많아서… 신고하기가 참 곤란했다.

세금 내는 법도 모르면서, 어떻게 출판사를 운영할 생각을 했는지, 참 한심했다. 1인 출판사에서 내가 수행해야할 일은 편집자, 마케터, 경리, 발주 관리, 택배 싸기, 현금 흐름 관리 등등… 1인 10역을 해도 모자랐다. 아무도 그 역할을 대신 해주지 않는다는 것, 모든 문제를 내가 해결하고, 책임져야 할 역할이 너무 많다는 걸, 그렇게 하나씩 몸으로 깨져가면서 깨달아 가는 중이었다. 일단, 전화를 했다. 홈택스 화면을 잘 살펴보니 각종 문의에 대해 상담을 해준다고 하는 전화번호가 있었다. 뭐부터 물어봐야 할지 감이 오지 않았지만, 일단 전화를 했다. 쿠팡이 아니니 단번에 연결될 리가 없었다. 기다리고 또 기다려서, 드디어 상담사와 연결이 되었다. 너무 초보적인 실수를 해서, 좀 부끄러웠지만 사실대로 고했다.

"제가요… 그러니까
원천세 신고를 해야 하는데 말이죠.
6개월 동안 신고를 못 해서 지금 하려고 하는데요.
그러니까… 이럴 경우 가산세가 어떻게 될까요?"

"선생님, 올해가 사업 첫 해이신가요?"

"네. 사업자등록증 받은 지 6개월밖에 안 되어서요."

"신고하셔야 하는 세금 총액이 어떻게 되시죠?"

"네… 그러니까 대략 백만 원 정도… 될 것 같아요."

(이땐, 가산세 때문에 거의 울 지경이었다)

"선생님, 그러니까 사업 첫 해인데,

원천세 신고를 안 했고, 누적된 세금은

약 백만 원이신거죠? 처음이니까 그럴 수 있죠.

이번 달에 비용 지급한 걸로 해서 그동안

신고 안 한 거 전부 신고하시고 세금 내시면

될 것 같아요. 그리고 금액이 그리 크지 않아서

그 정도로는 문제가 될 것 같지 않아요. 다음 달부터

잊지 마시고 꼭 신고하세요. 제가 지금부터

찬찬히 알려드릴 테니 따라하시면 됩니다.

먼저, 인원 수를 기입하시고요…."

상담해 주신 분은 남자 분이셨는데, 나를 계속 선생님이라고
불러주면서 그동안 내가 저지른 무식한 일에 무척이나 친절
하게 상담을 해주셨다(그분은 대대손손 복을 받으실 거다). 그
것도 거의 한 시간을 말이다. 중간에 전화가 끊겼는데도
다시 전화를 해주셔서 방황하고 있는 초짜 대표의 엄청난
숙제 해결을 도와주셨다. 다음 달부터는 꼭, 10일 전에 신고
를 하라는 당부와, 6개월 치를 한 번에 신고했다고 해서 조

사를 할 정도로 사업자 매출이 많지 않으니 안심하라는 당부까지 더해서 말이다. 매출이 적어 안심했지만 한편으로는 그게 안심할 일인가 하는 생각이 들었다. 전혀 안심할 일이 아니라 한심한 일이 아닌가 말이다. 그래도 일단 그날은 오랜 숙제를 무사히 마쳤기에 마음의 짐을 덜었다. 그러나 앞으로 이런 식으로 출판사를 운영하면 큰일이라는 생각이 들었다. 나가는 비용보다 들어오는 돈이 더 많아야 출판사가 굴러갈 텐데, 그때까지도 그 방법을 알지 못했다.

그럼 지금은 그 방법을 알까? 느린서재는 이제 3년 차가 되어가지만 여전히 방법을 모른다. 1인 출판사를 시작할 때 내가 생각했던 사업 구조는 다음과 같이 단순했다.

① 좋은 책을, 재밌는 책을 만든다
② 책이 팔린다
③ 책 판 돈이 들어온다
④ 그 돈으로 다음 책을 만든다
⑤ 남은 돈은 인건비로 남겨둔다

삐 삐 삐 삐 삐— 두 번째 항목부터 에러가 나기 시작했다. 책이 팔린다? 팔리지 않았다. 아니, 재밌는 책을 만든다? 여기서부터 에러가 났는지도 모르겠다. 편집자에게만, 나에게만 재미있는 책이었을까? 책은 내 마음에 쏙 들었으나, 독자들 마음에도 쏙 들었는지는 모르겠다. 그러니까 어쩌면, 처음부터 모든 것이 에러였는지 모르겠다. 그렇게 첫해가 지나가고 있었지만, 에러를 해결할 방법을 찾지 못한 채, 계속 책을 내도 되는 걸까⋯ 하는 의심을 하며 시간은 지나갔다.

저자란 누구인가

계속 할 수 있을까, 라는 생각을 하면서도 나의 멱살을 잡고 끌고 간 건, 다름 아닌 저자분들이었다. 엉엉 울고 싶은 마음이 드는 순간에도, 느린서재와 계약하신 저자분들은 아주 성실하게, 칼같이 마감을 지켜 원고를 보내주셨다. 마감된 원고는 계속 쌓였다. 세금에 대해서 일자무식이었지만, 그동안 헛살지는 않았는지, 1인 출판사로 독립을 했다고 저자분들에게 읍소를 했더니, 모두 나를 불쌍히 여기셔서 계약을 해주셨다. 게다가 아주 정확히 마감 날짜에 원고를 보내주셨다. 메일함에 쌓이는 완성 원고를 보면서 이런 생각을 했다. 나에게 전생이 있다면, 적어도 나라는 팔아먹지 않았나 보다, 하는 생각. 독립운동은 하지 못했어도 미약하게나마 군자금을 보태지 않았을까, 하는 생각. 쥐뿔도 없는 1인 출판사 대표를 믿고 계약을 해주신 저자분들, 그리고 수준 높은 원고의 완성도를 보며⋯ 만약 일제 강점기에 살았다면 나라를 팔아먹은 매국

노는 아닐 거라고 생각했다(어째서 이렇게 말도 안 되는 상상을 매일 그렇게 많이 하는지 모르겠다). 그렇게 원고는 쌓여갔고, 내 상태가 책을 만들기 싫든 좋든 간에 책임과 의무를 다해야 했다. 원고가 도착하지 않았다면, 나 역시 여기에 앉아 이 글을 쓰고 있지도 않을 거다. 도착한 원고들이 '어서 편집해! 어서 책을 만들어'라고 속삭이지 않았다면 느린서재는 진작에 사라졌을 거다. 느린서재가 빨리 빨리 책을 만들어야만 했던 이유, 그건 다 저자분들이 나를 여기까지 끌고 왔기 때문이라고 당당히 말할 수 있다.

비법은 무엇인가

한때는 직원이 100명이 넘는 큰 출판사에서도 일했었지만, 그리고 16년이라는 편집자 경력이 있지만, 그때는 그저 사업자등록증의 잉크도 안 마른 상태의 삐약거리는 1인 출판사였을 뿐이었다. 지금 와서 생각해도 저자분들이 도대체 어쩌자고 느린서재와 계약을 하셨는지 알 길이 없다. 오히려 내가 물어보고 싶을 지경이다. 작가님… 도대체 어쩌자고, 아니 대체 뭘 믿고 느린서재와 계약을 하신 건가요… 라고 묻고 싶지만, 왠지 날것인 진실을 알게 될까 무서워, 묻지 않기로 한다. 진실이 중요한 것이 아니다. 중요한 것은 책을 만들기로 한 마음, 그 절실한 마음을 믿어주셨다는 느낌적인 느낌이 아닐까, 싶다.

그러니 이제 가장 중요한 것은 느린서재, 나만 잘하면 되는 것이다. 늘 그렇게 생각했다. 여기서, 나만 잘하면 된다, 그럼, 아무 문제도 생기지 않는다. 이 문장이 늘 내 인생의 모토였다. 다른 이들 탓할 것도 없고, 다른 사람 눈치 볼 것도 없이, 내게 주어진 일만 잘하면, 아무 문제도 만들지 않고 아마 모두에게 폐를 끼치지 않으며 책을 만들 수 있을 것이다.

아주 가끔은 사람들이 내게 묻는다. 대체 그 저자를 어떻게 섭외했냐고 말이다. 사실은 말이다. 저자 섭외에 있어 느린서재의 영업 비법은 바로… 없다. 있으면 좋겠는데, 사실은 없다. 나도 좀 영업 비밀이라는 걸 갖고 싶은데, 그래서 클래스101 같은 데서 강의도 하고 그랬으면 좋겠는데, 진짜로 없다. 아주 아주 말을 잘 만들어서 비법이라고 굳이 말한다면, 직진하는 법 아닐까. 섭외하고 싶은 저자에게, 바로 직진한다. 그리고 말한다. 당신 이야기가 궁금하다고, 내가 그 이야기의 첫 번째 독자가 되고 싶다고, 당신에게는 분명 이야기가 있다고, 그리고 그 이야기는 세상에 나와야 한다고, 그러니 우리 같이 책을 만들어 보지 않겠냐고… 흡사 연인에게 고백하는 방식이라고 해야 할까? 저자를 만나, 가진 건 없지만, 비록 그리 큰 출판사는 아니지만, 당신의 이야기를 이토록 궁금해하는 사람은 분명 온 지구에 나뿐이라고 어필을 하다 보면 두 시간이 훌쩍 지나가 있기도 하다.

저자를 사랑하는 마음을 듬뿍 쏟아내고 돌아오는 길에는 후회가 없다. 혹여 계약을 못하게 되더라도 말이다. 같이 책을 만들지는 못해도, 언젠가 그분은 아마도 책을 내게 될 거라는 걸, 알고 있다. 또한 느린서재와 책을 내게 된다면, 나는 또 몸과 마음을 다해 책을 만들 거라는 걸 안다.

편집자는 자주 사랑에 빠진다. 늘 새로운 원고, 새로운 저자와 사랑에 빠질 준비가 되어 있다. 사랑하기 때문에 저자의 이야기가 궁금하고, 사랑의 결과물이 바로 책이라고 한다면 너무 비약이 심한 걸까. 그러나 그 이야기를 그토록 사랑하는 마음으로 책을 만들어도 판매 비법에 대해서는 무지하고 또 순진한 게 바로 나다. 물론 기획 단계부터 마케팅 포인트를 고려해서 만드는 유능한 편집자나 회사도 많다. 손만 대면 베스트셀러를 만들어내는 스타 편집자들을 나는 알고 있다. 그러나 나는 그런 사람이 아니라는 걸, 아주 옛날에 알았다. 사랑이 밥을 먹여주진 않는다. 마음만 가지고 쫄쫄 굶어가며 책을 만든다. 배가 고파도 좋은 걸 어쩌냐고 하는 사람이 바로 나다. 그러나 너무 굶으면 사람이 미칠 수도 있다(자꾸 굶으면 아마도 죽겠지). 그러니 적당한 정도에서 밥도 좀 먹고, 그래야 다음 책을 만들 힘이 날 것이다. 그러니 내가 사랑하는 원고들이, 그 책들이 더 더 많은 독자들의 손으로 갔으면 하고 매일 기도를 한다.

서점에 광고할 돈은 없으니, 매일 기도를 하고 산에 가서 돌탑을 쌓으며 또 기도를 한다. 매일 책방에 들러 내가 만든 책을 직접 소개하고 샘플도 드린다. 책방에 느린서재 책을 두고 올 때, 마음속으로 인사를 한다. 부디, 그 책방에서 꼭 사랑받아 오래 오래 이쁨 받기를… 하고 말이다. 구석에서 있는지도 모르게 처박히지 말고 부디 빛을 제일 많이 보고 가장 잘 보이는 자리에 놓이기를… 하고 말이다.

특단의 조치는 무엇인가

그러나 알고 있다. 더 이상 기도만으로는 안 된다는 것을 말이다. 샘플 증정만으로는 안 된다는 것을 말이다. 이제 3년 차에 들어선 느린서재, 특단의 조치가 필요하다! 그러나, 이런 식으로는 안 된다는 것은 잘 알지만, 그 다음 스텝은 잘 모른다. 그래서 오늘도 고민을 하고 고민을 하고 고민을 하다가 역시나, 다시 다음 책 편집을 하는 중이다.

팟캐스트를 듣다 보니 이런 말이 들려온다. 열심히, 하는 것, 열심히 하니까 언젠가 보상이 올 거라는 거, 그건 어쩌면 자신에 대한 핑계나 아주 쉬운 변명일지도 모른다고 말이다. 열심히 했는데, 라고 나에게 합리화의 변명을 주고 있는 건 아닌지 살펴보라는 말에 나는 화들짝 놀랐다. 열심히, 만으로는 아무것도 달라지지 않는다는 것을 그는 말하고 있었다. 그래, 열심히가 아니라 잘해야 한다. 잘…. 잘해야 하는데, 잘하고 있는 게 맞는 걸까? 매일 아침마다 스스로에게 묻는다. 느린서재는 과연 잘… 하고 있는 걸까? 잘하지 못하면, 아마 언젠가 느린서재는 없어지겠지. 가늘고 길게 오래 쭉 느린서재가 살아남기 위해선, 과연 '잘'이 필요하다. 매일, 매일 열심히 하면서 '잘'도 해보려고 한다.

　　나는 이제 '하다 보면 언젠가'라는 말은 믿지 않는다. 언젠가가 아니라, 앞으로도 쭉 계속 탄탄한 느린서재가 되기를 기도하는 중이다(이것은 느린서재가 아니라 야망 가득한 서재가 아닌가 싶다).

느린서재는 어디로 가는가

　　작년, 느린서재 2주년이 되던 날, '열다책방'에서 책방지기와 함께 라이브 방송을 했었다. 그때 책방지기가 물었다. 재정적 여유가 된다면, 느린서재가 가장 하고 싶은 건 무엇이냐고 말이다. 책방지기가 나에게 원했던 답은 무엇이었을까? 상업성이 없어도 좋은 책을 만들겠다, 느리게 꾸준히 책을 만들겠다, 시류에 편승하지 않는 책을 만들겠다… 와 같은 대답이었을지도 모른다. 그러나 나도 모르게 진심을 말하고 말았다.

"전… 사실 양장을 하고 싶어요.

양장에다가 먹박을 딱, 한 다음에

떠지는 또 트레싱지로 두르고

도무송을 해서 모양을 내고…."

나는 그동안 하고 싶었던 제작 사양을 술술술 읊었다. 돈이 없어서 하지 못한 제작 사양들을 마구마구 이야기하며 상상만으로 행복해했다. 그날 책방지기의 뜨악한 모습은 아마 오래오래 잊지 못할 것이다.

그런데 지금은 조금 생각이 바뀌었다. 느린서재에 만약 여유가 있다면 다음과 같은 것을 하고 싶다. 책의 물성도 물성이지만, 정말 정말 시간이 오래 걸리는 이야기, 휘발되지 않는 이야기를 찾아 책으로 만들고 싶다. 2년, 3년, 4년, 5년이 걸리더라도 좋은 이야기라면 꼭 기다려서 책으로 만들고 싶다. 그리 되려면 앞으로 5년 이상 느린서재가 버텨야 함은 물론이다. 느린서재니까, 발효 식품 같은 책을 한 번 만들고 싶다. 그럼에도 불구하고 망하지 않는다는 걸 한 번 입증해 보고 싶다.

어느 날 남동생이 느린서재는 드립커피 같다고 했다. 또 아무도 안 듣는 판소리 같다고 했다. 그런데 그런 컨셉으로도 한 번, 돈도 벌 수 있다는 걸 보여달라고 했다. 날 놀리는 줄 알았는데, 아니었다. 사람들이 모두 안 된다고 하는 것으로, 된다는 걸 보여주라고 한다. 그런 게 가능하다는 걸(가능한가?) 누나가 처음으로 보여주라고 말이다.

　느리고 어려운 길을 가라고 사방에서 아주 등을 떠민다. 그러나 이 길에 들어섰으니 끝까지 가보긴 해야겠다. 그 끝에 무엇이 기다리고 있는지, 그걸 알 것만 같다.

　선배님, 후배님, 독자님, 같이 가봅시다.

　이왕 이렇게 된 것, 그 끝까지!

믿
을
수
없
는
일
이
일
어
났
다
고

원고가 다 들어왔다. 편집을 해야 하는데 마음이 편
치 않았다. 즐겁고 기쁜 이야기도 있을 거라고 내심
기대를 했다. 험한 길이지만 나름 지름길을 발견한
이야기를 기대했는지도 모르겠다. 독자들은 1인 출판
사의 어떤 이야기를 기대할까. 여기에 모인 이야기가
독자들이 궁금해하는 이야기인지, 아닌지 잘 모르겠
다. 하나 분명한 건, 이 이야기들이 정말 날것의 이야
기라는 사실이다. 꾸미지 않은, 분칠하지 않은 민낯
의 이야기. 이렇게 저렇게 꾸며볼까 고민도 해보았지
만 여기 그대로 가감없이 1인 출판사의 이야기를 묶어서 내
놓는다.

책을 만들 때마다 고민을 한다. 세상에 좋은 책들이 많고 많

은데, 느린서재까지 여기에 또 보탤 만큼 가치가 있는 책인가 하고 말이다. 그만한 가치도 없는 책인데 괜히 또 자르지 않아도 될 나무를 베는 것은 아닌지, 기후위기에 일조하는 것은 아닌지 고민한다. 책을 내고 나서 부끄러운 책은 아닐지 여러모로 고민을 한 후에도 내야 한다는 열망이 사그라들지 않는지, 내 마음을 점검해 본다. 종이와 글자뿐인 책이지만 고민에 고민을 한참 한다. 아무도 읽지 않는 책을 내는 건, 세상의 관심을 받지 못하는 책을 내는 건, 책에게도 미안한 일이지만 저자에게도 너무나 죄송한 일이니 말이다.

그러나 에필로그를 적는 지금, 나는 조금 자신 있게 말할 수 있다. 마음을 먹었을 때도 그랬지만, 책을 마무리하는 지금의 내 열망은 그때보다 강해졌다. 그렇다. 이 이야기는, 이 책은 나와야 한다. 책의 뒤에서 오늘도 울고 웃는 사람들이 있다는 걸, 책이라는 건 너무도 많은 사람의 고민과 사랑이 아니면 나오기 힘든 이상한 물건이라는 걸. 그 이야기를 꼭 당신에게 전하고 싶다. 오늘 그 마음을 다시 한 번 확인했다.

책을 읽지 않는 시대라는 말은 너무 뻔하다. 책 말고 재미있는 것이 많다는 말도 너무 뻔하다. 쇼츠가 대세인데 누가 책을 보냐는 말도 뻔한다. 그래서 책이 팔리지 않을 거라는 말도 너무 뻔하다. 그럼에도, 모든 위험을 감수하고 책을 내겠다는 건 참 바보 같은 짓일 거다. 그런데 참 이상하다. 갈수록 책을 사랑하는 사람들은 더 늘어나는 것 같다. 책을 만들겠다는 사람도 늘어나고 있다. 과연 책이 무엇이길래 사람들은 책을 만들겠다고 하고 책을 사겠다고 하고 책을 읽겠다고 하는 걸까. 책의 시대가 끝났다고 하는데… 사실 그 이야기를 출판사 입사하던 2008년부터 들어왔다. 2008년부터 계속해서 단군 이래 최대 불황이라는 소리가 업계에서 유령처럼 떠돌고 있지만, 여태 나는 책을 만들고 있고, 팔고 있고, 심지어 이제는 책 만드는 사람들의 이야기를 책으로 만들고 있다.

인생이란 블랙 코미디 같다. 안 팔리면 안 만들어야 할 것 같은데 책이 매일 매일 쏟아져 나온다. 수지타산이 안 맞는 일들이 곳곳에서 벌어진다. 손익계산도 제대로 못 하는 이들이 짝사랑의 마음으로 책을 만든다. 그러나 많이 팔 방법은 역시나 모르겠다. 내가 할 수 있는 방법이라는 건, 책을 짝사랑(?)하는 사람들이 이렇게 많다는 걸, 그저 책으로 고백할 뿐이다.

아직도 방법은 모른다. 모르지만 여기 또 한 권의 책을 내보인다. 수많은 책들 사이에서 이 책이 오래오래 살아남기를 바라지만 그 또한 욕심일지도 모르겠다. 모르겠는 것투성이다. 그러니 오늘도 기도를 하련다. 부디 이 책이 오래오래 팔려서, 처음으로 책을 팔아 수지타산이 맞아봤으면 좋겠다. 나무에게 미안하지 않았으면 좋겠다. 그래서 이 책을 내자고 했던 내 면이 좀 살았으면 좋겠다. 이 책의 판매 성적이(?) 부끄럽지만 않았으면 좋겠다. 원고를 주신 대표님들에게 밥이라도 한 끼 거하게 사고 싶으니 말이다(메뉴판의 모든 음식을 걱정 없이 시켜보고 싶으니…).

책이 너무 많이 팔렸다고, 살다 보니 믿을 수 없는 일이 일어나기도 한다고…. 그렇게 이 책을 함께 만든 대표님들에게 꼭 메일을 보내고 싶다.

한줄기 바람을 기다리며,
최아영

부록

당신에게 도움이 될까 싶어서 적어보는 책

1인 출판사를 하기 전에 보면 좋을 책

『내 작은 출판사를 소개합니다』 최수진, 세나북스

『새로 쓰는 출판 창업』 한기호, 한국출판마케팅연구소

『이것도 출판이라고』 김민희, 더라인북스

『작은 출판사 차리는 법』 이현화, 유유

『첫 책 만드는 법』 김보희, 유유

『책 만들다 우는 밤』 홍지애, 꿈꾸는인생

『편집자의 마음』 이지은, 더라인북스

『편집자 분투기』 정은숙, 바다출판사

『편집자의 사생활』 고우리, 미디어샘

『편집자의 시간』 김이구, 나의시간

『하필 책이 좋아서』 정세랑, 김동신, 신연선, 북노마드

213

교정 교열을 위해 보면 좋을 책

『내 문장이 그렇게 이상한가요?』 김정선, 유유

『당신은 우리말을 모른다』 엄민용, EBS BOOKS

『쉬워요 맞춤법!』 진정, 마리북스

마케팅 공부할 때 보면 좋은 책

『마케팅 설계자』 러셀 브런슨, 윌북

『무조건 팔리는 스토리 마케팅 기술 100』 가와카미 데쓰야, 동양북스

『출판 마케팅 전략 가이드』 박주훈, 한국출판마케팅연구소

『출판사 하고 싶을 때 읽는 책』 김홍식, 그림씨

『한 줄 카피』 정규영, 포르체

애정하는 1인 출판사의 책

『가출생활자와 독립불능자의 동거 라이프』 권혁란, 그래도봄

『결국 나를 사랑하는 일』 사과이모, 책과이음

『엄마만의 방』 김그래, 유유히

『우리는 절망에 익숙해서 』 희석, 발코니

『이중섭 편지화 』 최열, 혜화1117

『후 불어 꿀떡 먹고 꺽』 장세이, 이응

"책만이 할 수 있는 일이 있다."

『편집자의 사생활』중

1인 출판사의 슬픔과 기쁨

© 조은혜 고우리 희석 홍지애 김화영 김민희 이세연 최수진 박지예 서남희 최아영 2024

초판 1쇄 인쇄   2024년 9월 13일
초판 1쇄 발행   2024년 9월 30일

지은이   조은혜, 고우리, 희석, 홍지애, 김화영, 김민희,
            이세연, 최수진, 박지예, 서남희, 최아영

펴낸이   최아영

편집   최아영   펴낸곳   느린서재
교정   김선정   출판등록   2021-000049호
디자인   신용진   전화   031-431-8390
마케팅   책을 사랑하는 당신   팩스   031-696-6081
인쇄제본   제이오   전자우편   calmdown.library@gmail.com
                                    인스타   @calmdown_library
                                    뉴스레터   calmdownlibrary.stibee.com
                                    블로그   blog.naver.com/calmdown_library

                                    ISBN   979-11-93749-09-8 03810